「日向っ‥‥」「黙ってろ」新は九条の左手も同じように壁に押さえつけ、動きを封じた。真剣な瞳が九条を捉える。

（本文より抜粋）

DARIA BUNKO

運命の鍵開けます

いおかいつき

illustration※あじみね朔生

イラストレーション❋あじみね朔生

CONTENTS

運命の鍵開けます 9
スープが冷めても 223
君だけが知っている 237
あとがき 250

この作品はフィクションです。
実在の人物・団体・事件などに一切関係ありません。

運命の鍵開けます

1

軒先に下がった今時古風な鉄の看板が、冬の強風に吹かれて耳障りな嫌な音を立てている。『鍵』と大きく彫られた看板は、昭和初期の創業以来、代替わりしても変わることなく受け継がれてきたものの一つだ。建物も看板に似合った昭和を感じさせる木造二階建てで、そこが三代目日向《ひむかい》新《あらた》の住む住居兼鍵屋の店舗になっていた。

新が正式にこの店の主人になったのは、半年前のことだ。それまでは先代である祖父の下《もと》で働いていたのだが、その祖父が半年前に病気で他界した。新が高校卒業後、鍵師の修行を始めて十年目の夏のことだった。以来、新はここを一人で取り仕切っていた。とはいっても、個人経営の昔ながらの小さな鍵屋がそれほど大繁盛することもなく、誰かを雇い入れる余裕がないというのが現状だ。

新の仕事は合鍵を作ることから、鍵の付け替え、鍵を失くしたときの出張解錠にまで至る。商売繁盛とはいかなくても、新一人が生活していくには充分な収入だった。

今も新は店のカウンターの中で、注文のあった合鍵作りをしていた。店内にはFMラジオがBGM代わりに流れている。

店の入り口は開店以来変わらずの重い引き戸のままだ。だから、ドアベルなどつけなくても、軋《きし》んだ音が呼び鈴代わりになる。それがＤＪの声の合間に聞こえてきた。

「いらっしゃい」

新は顔を上げて店先を見た。入ってきたのは二十歳そこそこであろう優しい顔立ちをした細身の青年だった。

「あの、鍵を開けてほしいんですけど」

青年は新に目を留め、おもむろに用件を切り出す。

「出張？」

新が手を止めて問いかけると、青年は不思議そうな顔をする。

「出張って」

「俺がそっちに行って開ける場合のこと。家の鍵かなんか？」

新の気さくな口調に、青年は緊張が解けたように笑みを浮かべた。

「あなたが開けるの？」

新に合わせたのか、青年の口調も砕けたものに変わる。

「他に誰がいるよ。ここは俺の店だからな」

「ごめん。なんかそれっぽく見えなかったから」

青年の言い分も新には慣れっこだった。毎回出張で出向いた先では、必ずと言っていいほど外見に驚かれた。

百八十センチの長身に適度に鍛えた体つき、顔立ちは派手だが嫌みはなく、明るい性格を思わせる。茶色の髪は少し長めで軽くウェーブし、とてもサラリーマンには見えないが、鍵師という一見地味な職業とも思えない。

「色男の鍵師ってのがいてもいいいんじゃねえ?」

新の軽口に青年は声を上げて笑った。

「机の引き出しも開けられる?」

「勉強机みたいなものか?」

「大人のだから勉強用ではないけど、そんな感じかな。こんな小さな鍵穴なんだけど、できる?」

そう言って青年は親指と人差し指を使い、小さな円を作って見せた。

「プロをなめんなよ。うちはどんな鍵でも開けられますってのが謳《うた》い文句なんだよ」

十年修行を積んだ自信から、新は胸を張って威張った。そんな新の態度に青年が声を立てずに笑みを浮かべる。

「じゃ、頼もうかな」

「オッケー、毎度ありがとうございます」

新は机の上に置いてあるA5サイズの用紙を青年に差し出した。新自作の依頼書だ。住所氏名に目的、鍵の種類などを書き込む欄がある。

「ここんとこに名前と住所を書いて」

「ああ、うん」

青年は用紙を受け取り、カウンターの上でボールペンを走らせる。

新はその用紙を上から覗《のぞ》き込んだ。青年の名前は川端隆史《かわばたたかし》、住所にはここから電車で二駅離れた町の名前が書き込まれている。

「いつがいい？」

家の鍵でないのなら急ぎじゃない可能性もある。

「できれば早いほうがいいんだけど」

隆史は新の都合を探るような答え方をした。

「なら今から行くか？」

「いいの？」

新の申し出に隆史は驚きの声を上げた。

「今日の出張は朝に一件だけ。それに出張は大体が急ぎなんだよ」

「そうなの？」

隆史は意外そうに問い返す。

「鍵を失くして家の中に入れねえのに、明日来てくださいって言う奴いねえだろ」

そのおかげで営業時間などあってないようなものだ。これまでも夜中に今すぐ来てくれと電話で叩き起こされたことが何度もあった。

「それはそうだね」

隆史も納得したように頷《うなず》く。

「ここへはどうやって来たんだ？」

「タクシーで。場所がよくわかんなかったから」

新の家から最寄り駅までは徒歩で十五分ほどかかる。新はほとんど車移動であまり電車を使わないし、商店街の中という立地条件で不便を感じたことはないが、電車なら少し遠い場所だ。

隆史は電話帳に掲載されている鍵屋の中で、自宅から一番近い住所の店を選んだのだという。そこには最寄り駅までは書かれていない。だから直接ここまでタクシーを乗りつけてきたというわけだった。

「わざわざ来なくても、電話一本で飛んでくぞ」

新は次回からの宣伝も兼ねて、隆史に言った。

「そうなの？」

「それぐらいの機動性がなきゃ、大手のチェーン店に負けるだろ」

鍵屋もここのような昔ながらの店はもうほとんど残っていない。ホームセンターでも簡単に安価で合鍵が作れてしまう時代だ。わざわざ新の店に頼もうと思ってもらうには、大手にはできないきめ細やかなサービスも必要になってくる。その一環というわけでもないが、

「てことで、俺の車で一緒に行くか」

新も向かうのだから、わざわざ別にタクシーを呼ぶまでもない。新は気さくな態度で隆史を誘った。

「ありがとう」

新の態度が遠慮は無用だと思わせたのか、隆史は素直に誘いを受けた。

店の向かいにある駐車場には、車体に『日向鍵店』と書かれた白のワゴンを停めている。新は隆史を店の前で待たせ、ワゴンを駐車場から出した。

「新、出かけんのか?」

駐車場の管理人であり、新の店の真ん前で八百屋を営む岸谷《きしたに》が、店から顔を覗かせた。

「仕事。また店を見といてよ」

新は一回り以上も年上の岸谷に向かって、友人に対するかのようなフランクな口調で答えた。

「任せとけ」

手を振る岸谷に見送られ、新は助手席に隆史を乗せて車をスタートさせた。

「近所の人と仲いいんだね」

車が商店街を抜け大通りに出てから、隆史が感心したように口を開いた。

「小さいときからずっとここにいるんだ、こんなもんだろ。未だに子供扱いされんのだけは勘弁してほしいけどな」

新は苦笑交じりに答える。

新が暮らすこの商店街は、今では少なくなった人情味溢《あふ》れる下町の風情が色濃く残っている。プライバシーなどあったものではなく、まるで商店街が一つの大家族のようだ。

「俺なんか何ヶ月も近所の人の顔を見てないよ」

「どんな山奥に住んでんだよ」

番地で隆史の家がどの辺りかは確認ずみで、確かこの辺では一番の高級住宅街だった。壁一枚隔ててお隣さんなどという長屋ではなくても、周辺住民はたくさんいるはずだ。

「いろいろ詮索されるのってうざくない？　だから、なるべく顔を合わせない時間に出かけることにしてんの」

「そんな時間って選べるもんか？」

「気ままな大学生だからね」

二十歳そこそこと見た新の読みは当たっていた。聞けば隆史は今年二十二歳の大学四年生で、数ヶ月後には卒業を迎えるのだという。

初対面ではあったが、気さくな新と詮索されるのがうざいと言いながら人見知りをしない隆史の間に、会話が途切れることはなかった。思いがけず楽しいドライブは二十分弱で終わった。

「そこ」

隆史が指さした先には大きな門構えの洋館がそびえている。新は口笛を吹いた。

「でっけえ家。俺んちの何個分だよ」

「こんなに大きくなくてもいいんだけどね」

「そうか？　狭いよりいいんじゃねえの？」

新は隆史がリモコンで開けた門を通りながら尋ねた。

「一人で住むには広すぎるよ」

「一人？」

「あ、そこに停めて」

隆史は質問には答えずに玄関脇のスペースを指さした。

「了解」

新が指示された場所にワゴンを停めると、隆史が先に車を降りた。新も運転席から抜け出て、後部座席のドアを開け商売道具を手にしてから、隆史の後に続いた。

玄関のドアもまた重厚でいかにも高級な雰囲気を漂わせている。ついさっき一人で住んでいるようなことを言っていたのに、隆史は鍵も開けずに金色の取っ手に手を掛けた。

「ちょっと、どこに行ってたの」

隆史がドアを開けた瞬間、耳に痛い金切り声が二人に降りかかる。

「まだいたんですか」

新の隣で隆史が呆《あき》れた口調で言った。いかにもうんざりしているとあからさまに態度で示している。

　新は声の主の女性を改めて見直した。年は四十代後半といったところだろうか。派手な化粧と身なりを差し引けば本当はもっと上なのかもしれない。首を曲げて見下ろすほど小柄で、かなり痩《や》せている。それが余計に神経質そうにも見せていた。

　女性は険しい顔で隆史を睨《にら》み付ける。

「当たり前じゃないの。まだ何も解決してないでしょ」

「そう言うと思ったから、来てもらいましたよ」

　隆史が新の背中を押した。

「鍵屋さん。今から開けてもらいます。それでいいですよね?」

「結構よ。じゃ、やってちょうだい」

　女性はサッと身を翻し、先に家の奥に向かって歩いていく。

　エントランスは広く、そこから女性が歩いている奥にまっすぐ続く廊下と、正面には階段が、右手にもまた廊下が見えている。

　その後ろ姿を見ながら、隆史が大きな溜息をついた。

「あれ、なんだ?」

　女性の後に続きながら、新は小声で問いかけた。

「簡単に言うと、父さんの遺産を狙ってる父さんの妹の久美子《くみこ》さん」

「遺産?」

日頃耳にする機会のない言葉が、新の注意を引きつけた。

「一週間前に父さんが死んだんだ。でも遺言書が見つかんなくてさ。このまま見つかんなきゃ、遺産は全部俺のものになっちゃうんだよね」

隆史は躊躇《ちゅうちょ》なく初対面の新に事情を説明する。隠すことでもないと思っているようだ。

「それが当たり前なんじゃねえの?　お前、息子だろ?」

相続について詳しくなくても、それくらいはわかる。新が祖父の残した店を問題なく受け継げたのは、祖父が遺言書を残しておいてくれたからだ。

「義理のね。養子なんだ、俺」

またしても隆史は普通なら言いづらいに違いないことを簡単に口にする。

「それでか」

新は納得して頷いた。

いくら叔母でも本当の息子なら口を挟んだりする余地はない。けれど義理の息子だから、血の繋がりのある自分を差し置いて隆史が相続することに久美子は納得できないのだろう。

廊下の一番奥に開いたドアが見える。

「あそこが父さんの使ってた書斎」

そう言って隆史が先に中に入り、新はすぐその後をついて歩く。部屋の中には既に久美子が待ち構えていた。

「さあ、これよ。早く開けてちょうだい」

久美子は部屋の窓際に備えられた黒色のデスクの側に立ち、その手を引き出しに掛けている。

「探せるところは全部探したんだから、もうここしか残ってないのよ」

隆史が新を振り返って、肩を竦《すく》めて見せる。

「お疲れさん」

新は隆史の肩をポンと叩き、それから机に向かった。立ち塞がる久美子に、新は大仰な仕草で立ちのくよう促し、引き出しの前に膝をついた。

「それじゃ、ま、取りかかりますか」

新は目線を鍵穴に合わせる。事前に隆史から説明されていたように小さな穴で、新なら針金一本で開けられるぐらいの簡単な鍵だった。けれど、そこはプロらしく、新は道具箱から商売道具を取り出す。一見すると先の変形したただの鉄の棒に見えるが、これが解錠にはなくてはならない必需品だ。

鍵穴にその七つ道具の一つを差し込み、新は耳を近づけた。金属と金属が当たる音だけを頼りに穴の形を探っていく。

ほんの数秒後だ。カチッと聞き慣れた鍵の開く音がした。

「開いたぜ」

新は自分では引き出しを開けずに振り返って隆史に言った。

「もう?」

驚いた顔で隆史が近づいてくる。

「プロなんで」

新は謙遜《けんそん》することなく自分の腕を認めた。

「すごいね」

隆史が素直に感嘆の声を上げる。

「ちょっと、開いたんでしょ。早く開けなさいよ」

久美子のいきり立った声が聞こえる。

「久美子さんが開けてください」

隆史はうんざりした口調で言った。

「そのほうがはっきりするでしょう」

隆史は一歩後ずさり、引き出しの正面の位置を久美子に譲る。

「じゃあ、開けさせてもらうわ」

久美子は引き出しに手を掛け勢いよく引いた。

引き出しの中には、さらにきっちりと蓋をされた黒の書類箱があった。久美子はそれも当然の権利とばかりに隆史の許可も取らずに急いで開けた。

「やっぱりあるじゃないの」

久美子は勝ち誇ったような顔で振り返る。

新が中を覗き込むと、墨で遺言書と書かれた白い封筒が一番上に置かれているのが見えた。

「開けるわよ」

「どうぞ」

隆史は中身が気にならないのか、平然としている。

封を開け、中の便箋を読み進めていく久美子の顔色が次第に青ざめていくのが、つい隣に立ったままだった新にはよくわかった。

「嘘よ、こんなの」

久美子は咄嗟《とっさ》にその遺言書を破り捨てようとした。

「あんた、何するんだ」

隣にいてちょうどよかった。新は久美子の腕を掴んで、遺言書を奪い取った。そして、隆史に渡す前に中身をチラッと盗み見る。遺言の内容は法定相続を覆すものではなかった。財産のすべてを隆史に譲ると、そう書かれている。

「なんだ、これがあっても一緒じゃん」

新はそう口にすることで、第三者も中を確認したと暗に久美子に伝えた。この強引な叔母はそうでもしないと揉《も》み消しそうに思えたからだ。

「ほらよ」

新は遺言書を隆史に手渡した。

「ありがと」

隆史は内容を確認もせずに便箋を封筒にしまった。

「こんな馬鹿げた内容、私は絶対に認めませんからね」

まるで捨て台詞のような言葉を吐く久美子に、隆史より先に新がキレた。

「あんたに認めてもらう必要ねえんじゃねえの？」

思わず声が荒くなる。会ってまだ一時間と経っていないが、新はこの人懐っこい隆史を気に入っていた。反対に、久美子のことは虫が好かなかった。

「出ていきなさいよ。もっとちゃんとした遺言書がどこかにあるはずだわ」

必死の形相になった久美子に、新と隆史は背中を押され部屋を追い出される羽目になった。ドアが閉まり、背中で鍵の掛かる音が聞こえる。新はともかくこの家の正当な持ち主のはずの隆史までが、反論する間もなかった。

新と隆史は顔を見合わせて溜息をついた。

「お前も大変だな」

「ま、しょうがないんじゃない。あの人にしたらどこの馬の骨にってことでしょ」

隆史が歩きだしたのに合わせて、新もその隣に並んで歩く。

「ずいぶん落ち着いてんな」

さっきから堂々とした隆史の態度に新は終始感心しっぱなしだった。新ならあまりの理不尽さについ派手な口げんかを繰り広げてしまいそうだ。

「父さんが死んだときからこうなるのはわかってたことだし」

「でも、あのおばさんが騒いでたら、遺産が入ってくんの遅くなったりすんじゃねえの?」

新には詳しい法律のことはわからないが、何かおかしいと身内が騒ぎ立てればすんなりとはいかないような気がした。

「ここだけの話なんだけど」

隆史は新の耳元に口を近づけ、一段と声を落とす。

「正直に言うと、俺は遺産がもらえなくても平気なんだよね。父さんから相当な額を生前分与してもらってるんだ」

「気の利く親父さんだな」

新は正直に思ったことを口にする。兄妹だったからこそ、久美子の性格を知り抜いていてそうしたのだろう。

「かなり愛されてたからね、俺」

ちょっと得意げに答える表情は、さっきまでの落ち着きとは違い、まだ二十二歳の若さを感じさせた。

「自分で言うか」

新は隆史の頭を軽く叩いて笑う。

「ね、お茶でも飲んでってよ。急ぐ？」

「急ぎのときは携帯が鳴る。で、まだ鳴ってないから」

だから時間はあるのだと新は答えた。

「飲んでく？」

「ああ。どうせなら金持ちの家でしか飲めないような高い茶がいいな」

「高いお茶？」

隆史は噴き出す。

「あったかなあ。太田《おおた》さーん」

隆史が廊下の奥に向かって呼びかけた。太田というのは通いの家政婦なのだと、後で隆史に教えられた。

応接室に通され、今までに飲んだことのない高級なお茶をご馳走になった。さらに車代と言って上乗せしてくれた代金をもらい、新は上機嫌で玄関に向かった。

「今日はホントにありがとう」

見送りにきた隆史が改めてお礼の言葉を口にする。

「こっちこそ、稼ぎに協力してもらってありがとうだよ」

「いつもそんな言い方してるの？」

隆史が呆れたように笑う。

「あ、そうだ。こんだけでかい家なら鍵もいっぱいあんだろ。鍵を失くして開かなくなったときには、捜す前に是非お電話を」

そう言って緊急用の携帯番号の入った名刺を取り出し、隆史に差し出した。

「捜す前？」

隆史が不思議そうに問い返す。

「捜して鍵が見つかったら俺の仕事がなくなるだろ」

新の言葉に、隆史が今度は声を上げて笑った。


その日の夜だった。鳴りだした電話は意外な人物からだった。

「川端だけど」

「川端って、昼の？　どうした、こんな時間に」

新は壁の時計に目をやった。十一時を過ぎている。

「実はさ、久美子さんがまだ出てこないんだ。そのうち出てくると思って放っておいたんだけど、もうこんな時間だし、それで呼びかけてみたら返事がなくって」

「あれからか？」

新は頭の中で時間を計算する。隆史の家を訪ねたのは午後三時過ぎくらいだった。

「七時間は経ってんじゃねえか」

自分で口にした言葉に新は驚いた。

「いくら家捜しに夢中になってても一度くらいはトイレに行くよね」

「確かにな。それに腹も空くだろうし」

それなのに一度も出てこない。中で倒れている可能性は、隆史だけでなく新にもすぐに思いついた。

「けど、鍵が掛かったままで中の様子がわからないってことか」

「そう。今から来てもらえないかな」

隆史は電話一本で駆けつけるという新の言葉を覚えていて、それで早速電話をしてきたということだった。

「わかった、今からすぐ行く」

新は電話を切ると、すぐに外に飛び出した。仕事柄初めての場所に行くことが多い。その積み重ねで、新の営業地域にある道はほとんど覚えている。最初は隆史のナビ付きで訪ねた家も、もう案内は必要ない。夜の街を最短距離で走り抜け、電話を切ってから十五分で到着することができた。

「ごめん、こんな時間に」

出迎えた隆史が申し訳なさそうな顔をする。

「いいって、それより」

新は先を急かした。久美子のことを心配しているわけではなく、好奇心が勝っていた。

「あ、うん」

新は数時間前に訪れた部屋に向かって隆史を従えて歩きだす。

「この鍵か」

数時間前に来たときには気づかなかったが、屋内の部屋にも鍵が付いているのは珍しい。新は念のためにノブに手を掛けてみた。もちろんノブは回らず、鍵は掛けられたままだった。

「開けるぞ」

「お願い」

隆史が頷くのを見て、新はドアの前に膝をつく。目線は鍵穴、手には七つ道具、中でもし久美子が倒れたりしていて、一秒を争う事態になっていたとしても、新はいつものスタイルを変えない。焦りは余計に仕事を困難にするだけだ。

室内のドアの鍵は、屋外に付けられたものより簡易にできているのが一般的だ。となると新にとって解錠は造作もない。

「はい、終了」

ドアに手を掛けてわずか二十秒の仕事だった。新は背後に立つ隆史を見上げた。

「ありがと」

隆史は新に柔らかい笑顔を見せて、ドアノブを摑んだ。

「久美子さん、入りますよ」

声をかけながら隆史がドアを開ける。

「久美子さん」

隆史の叫び声で新も後ろから室内に素早く目をやった。久美子が机のすぐ近くに倒れているのが見えた。

その場に立ちつくす隆史を押しのけ、新は久美子に駆け寄った。

「おい、おばさん」

新は呼びかけながら久美子の体を抱き起こした。けれど、久美子はその間もピクリとも動かなかった。

「救急車を……」

新の背後で呟《つぶや》くように言った隆史に新は首を横に振る。

「もう死んでる」

新は脈を取るために摑んでいた腕を元に戻した。

「呼ぶんだったら警察だな」

「警察？」

隆史が驚いた顔で新を見下ろした。

ちょうど自宅に帰り着いたところだった。

「わかりました。すぐに戻ります」

九条《くじょう》 義臣《よしおみ》は署からの電話にそう短く答え、携帯電話を切った。小さな溜息が知らず知らず九条の口から零《こぼ》れる。

今更責めても苦情を言っても仕方ない。こんな扱いにも慣れてしまった。

九条が目黒西署《めぐろにししょ》の刑事課に課長として赴任したのは今年の四月で、まだ一年経っていない。階級は警視だ。国家公務員Ⅰ種試験に合格し、警察庁に入庁したキャリアの九条にしてみれば、二十八歳という年齢でこの役職は当然なのだが、年下の警視に仕えるノンキャリアで叩き上げの刑事たちにしてみれば面白い話ではない。結果として、九条に対する態度は自然と冷たいものになっていた。

今もそうだ。管内で不審な死亡事件が発生したという報告が九条の元に寄せられたのは、刑事たちが現場を引き揚げた後だった。これから署に向かったところで九条には指揮もさせてもらえないのだが、行かないわけにはいかない。

もう少しの辛抱だと九条は自分に言い聞かせる。九条が現場に赴任するに当たって、早ければ一年、遅くとも二年で本庁に戻すと言われていた。今の九条を支えているのはその言葉だけだ。毎日本庁に戻る日を指折り数えている。

九条は今来た道を戻った。署までは車で行けば十分足らずの距離だ。マンションから少し歩いたところで運良くタクシーが通りかかり、それに乗車した。

車窓を流れる夜の風景を目の端に捉えながら、九条はまた溜息をついた。現場に出されてから溜息の数は格段に増えた。

国家公務員I種試験を受験したのも、警察庁に入ったのも、すべて九条の意志よりも親の意向が強かった。九条の家は代々続く官僚一家だ。祖父が警察官僚、父親は総務省、そして五つ年の離れた兄は父と同じ総務省に入った。そうなると引退はしたもののまだ健在の祖父が弟の九条を警察庁に入れろと父親に迫ったのだ。

小さい頃から勉強一筋で夢を見る暇もなかった。だからなりたい職業など思い浮かぶこともなく、家族や親戚に官僚が多ければ、そこに進むものだと思い込んでいた。

官僚になったことはともかく、警察庁に入ったことを後悔したのは、初めて現場に異動させられたときだ。そのときはヒラの刑事としてだった。ゆくゆくは署長のポストにつくことになるのだろうが、頭脳派の九条に刑事課配属はきつかった。それでもなんとか二年間の刑事生活を終え、やっと本庁に戻ったと思ったら、今度はたった一年で今のポスト、つまりまた現場へと送り出された。

一年か二年、なんとか今のポストを務め終えれば、また一つ上のポストを用意してもらえる。それがわかっているからこそ我慢もしているが、やはり刑事たちとは相性が悪い。

お偉いキャリアはお飾りとして座っていてくれればいい。捜査に口出しは無用と、刑事たちは言葉に出さずとも露骨な態度で九条に接してくる。着任初日から友好的な雰囲気は一切なかった。

九条にしてみれば言いたいことは山ほどあった。いつまでも時代遅れの捜査方法にしがみつく刑事たちの姿は滑稽《こっけい》でしかない。時代が変われば犯罪の質も変わる。それなのに刑事たちは経験や勘が大事なのだと譲らない。おそらく九条のほうも言葉には出さないがそんな刑事たちに同意できないという態度が見え隠れしていたのだろう。双方が歩み寄らないのに友好関係など築けるはずがなかった。

タクシーが見慣れた建物に近づいていく。三年前に建て替えられたという目黒西署の庁舎だ。正面玄関前に乗り付け車を降りると、九条は二階にある刑事課まで早足で急いだ。

「あ、課長」

真っ先に九条に気づいたのは、刑事課でただ一人、九条より年下の岩井《いわい》という新人の刑事だ。

「今はどういう状況ですか？」

九条は年下の岩井に対しても敬語で話す。深い意味はなく、部下とはいえ周りはほぼ年上ばかりだ。たった一人にだけ言葉遣いを変えるのが面倒というだけだった。

「第一発見者の方に来てもらって話を聞いてるところです」

「わざわざですか?」

岩井の説明に九条は違和感を覚えた。通常ならその場で話を聞くだけですむはずだ。

「ああ、えーと、第一発見者の家で死んでたんです」

岩井はまさか九条がそこまで報告を受けていないとは思っていなかったらしく、慌てて言葉を付け足した。すべての報告が後手後手になっていることに、九条は改めて不快感を表し、形のいい眉を顰《ひそ》めた。

九条の姿は警察署内にいても、警察官には見えなかった。顔立ちは整っている部類に入るだろう。黒髪はきっちりと後ろに撫《な》でつけ、銀フレームの眼鏡を掛けたさまは、エリートサラリーマンか高級官僚といったところだ。九条本人もそれは自覚している。ことさらに警察官には見えないように装おうとしているところもあった。

「野上《のがみ》警部補はどちらに?」

野上とは役立たずの課長に代わり指揮を執っている、刑事課で最年長の刑事だ。五十歳を超え、九条からしてみれば親世代だ。野上にしても息子のような年代の九条の下につくのが腹立たしいという気持ちがあるのかもしれない。

「今、会議室で第一発見者の話を聞いてます」

わざわざ野上が対応するということは、死体発見現場となった家の住人という以外にも何かあるのだろう。

九条は会議室に向かいながら、岩井からさらに事件の詳細を聞いた。

死亡していたのは志藤《しどう》久美子、四十八歳。青酸性の毒物を飲んでの中毒死だ。発見したのは義理の甥《おい》にあたる川端隆史という二十二歳の大学生。不審だとする理由は発見場所が隆史の家の書斎であること、被害者本人が鍵を掛けて籠もったのだというが、合鍵がないというのは隆史の証言でしか確認できないこと、さらに毒物を飲んだ際に使用されたと思われる水の類がなかったことが挙げられる。

「それで君たちが部屋の中に入ったときには、既に志藤久美子さんは死んでいたというわけですね？」

ドアの開け放たれた会議室から野上の声が聞こえてくる。丁寧な言葉遣いではあるが詰問調だ。

九条は足を止め、外から様子を窺《うかが》った。

室内にいるのは野上と花山《はなやま》という刑事が二人に、おそらく隆史と思われる青年とさらにもう一人いた。第一発見者が二人いたとも聞いていていない。

「刑事さん」

もう一人の男がうんざりとした口調で言った。

「なんでしょう?」

「さっきからその質問、三回目なんだけど」

「ですから、確認を」

野上は平然と同じことを繰り返す。取り調べに用いる刑事の常套《じょうとう》手段だ。何度も同じことを尋ね、供述に矛盾が出ないか確認している。

だが九条の視線は野上の態度にではなく、もう一人の男に釘付けになる。

九条の知っている彼の姿は制服でしかなかったから印象は違うが、間違いないはずだ。

「新さん」

隆史が新のセーターの袖を引っ張り、小声で呼びかけた。

「なんだ?」

「警察が同じ質問を何度もするのは、供述に食い違いが出ないかを見てるんだって」

「よく知ってんな」

「ドラマで言ってた」

隆史はニコッと笑って野上を見る。

「ですよね?」

「そういうわけでは……」

作戦を言い当てられ、さすがに野上もバツが悪そうだ。

中に入るのは今がいい頃合いだと九条は判断した。

「失礼します」

九条は一声かけてから室内に足を踏み入れた。

「課長、お疲れさまです」

花山が立ち上がり頭を下げ、野上はおざなりに会釈だけをする。

「刑事課長の九条です」

九条は新と隆史に向かって軽く頭を下げた。

新はまったく九条に気づいていないように見える。それも納得だ。当時の九条は、いや今も新ほど印象的な男ではなかった。

「課長、第一発見者の」

野上は向かい側に座る隆史を手で指し示した。

「こちらが被害者の甥の川端隆史さん」

そう言って次に新を指して、

「そして、こちらが鍵屋の日向新さん」

ありふれた名前ではない。やはり間違いなかった。九条は表情には出さないものの激しく動揺していた。まさかこんな形で再会するとは思わなかった。

新が九条を覚えているとは思えない。名乗らなくてもすむのではないか。しかし九条が迷ったのは一瞬だった。万一、後で新の素性を調べられることがあれば、九条との接点に気づく者が出るかもしれない。そのときにどうして言わなかったと責められるのはまっぴらだった。

「日向新？」

九条は呟くように名前を繰り返し、聞き覚えがある名前だというふうに演技した。珍しい名前だから覚えていただけだと思わせたかったからだ。

「課長、どうかされましたか？」

案の定、野上が問いかけてくる。

「彼は高校のときの同級生です」

九条のこの言葉に一番驚いた様子を見せたのは新だった。

「同級生？」

大きな声で九条に向かって尋ねてくる。

高校時代にこんなふうに直接会話をしたことなどほとんどない。それくらい接点のない二人だった。

「西城《さいじょう》学園《がくえん》で三年のときに同じクラスだった九条義臣だ」

新に対しては敬語で話す必要はない。むしろ同級生だと言っておきながら敬語にするほうがおかしい。九条は事実だけを簡潔に伝えた。

「九条って、あの鉄仮面の九条？」

さっきよりもさらに驚いた顔と声で、新は九条をまじまじと見つめる。新の言葉に新と九条以外の全員が笑いを噛み殺している。九条はそれに冷たい視線を返しただけだった。

鉄仮面とは高校時代の九条のあだ名だった。面と向かって呼びかける者はいなかったが、陰でそう呼ばれていたのは知っている。誰が名付けたのかはよく覚えていないが、新の周囲に集まっていたうちの誰かだったはずだ。

「鉄仮面かどうかはともかく、その九条だ」

九条は無表情を崩さず、淡々とした口調で答えた。

妙な感情を込めるよりも、一切の感情を入れないほうが楽だった。

「ちょうどいいや。同級生のよしみでさ、もう話すこと全部話したし、帰らせてくんねえ？」

新が九条に笑いかける。

昔から笑顔の多い男だった。明るくて人に好かれる。自分とは正反対の男だと思っていた。

九条はすぐに答えられなかった。そんな九条に野上が振り返り、首を横に振って見せた。まだ帰らせるなということだ。

「残念だが、元同級生というだけではどうにもできないな」

九条は新に冷たくそう言うと、

「野上警部補、少しよろしいですか？」

野上を会議室の外に促した。

いくら九条を軽視していても階級は九条が上だ。あからさまに無下にはできない。野上がしぶしぶ立ち上がる。

野上を従え会議室を出た九条は、声が中に聞こえないところまで離れてから足を止めた。

「第一発見者を引き留めておくのはどういった理由からでしょうか？」

「岩井からお聞きになってるのでは？」

九条の背後には岩井がいたから、案内をしてくる間に説明くらいしているだろうと野上は読んでいた。

「野上警部補のご意見をお訊きしているんです」

重ねて尋ねる九条に、痺《しび》れを切らしたように野上が答える。

「自殺とは思えない点がいくつかあるからです」

「つまりあなたは他殺だと疑い、第一発見者の青年が犯人である可能性を考えているわけですね？」

「あくまで可能性ですが」

「可能性だけで長くお引き留めするのは感心しませんね」

「それは同級生への配慮ですか？」

野上がどこか馬鹿にしたように尋ねてくる。捜査に私情を交えるなんてとでも言いたげだ。

あまりにも短絡的な思考に九条は呆れるしかない。

「日向がここにいる理由をまだ聞いてませんが？」

「鍵の解錠に呼ばれ、川端隆史と一緒に死体を発見したということです」

それで新のいる理由がわかった。新が鍵師なのだとさっき紹介された。サラリーマンだと言われるよりは納得できる。

「そろそろ戻ってもよろしいですか？　課長への報告はもっとはっきりとした事実を摑んでからと思いましたので」

だから報告しなかったのだと野上は言っている。言い訳にすぎないことはわかっているが、あえてそれ以上の議論を野上とするつもりはなかった。まったく効果がないからだ。刑事課には野上に味方する刑事はいても九条の味方はいない。

「あまり無茶な事情聴取はなさらないようお願いします」

「課長にご迷惑はおかけしませんので」

だから黙って見ていろ。野上のこの言葉にはそういう意味が含まれている。

九条は刑事課の自分のデスクに戻った。現段階での報告書を読み、上に報告しなければならない。それだけが九条の仕事のようなものだ。

まだ事件は起こったばかりで自殺か他殺かも判明していない。事実だけが簡単に記された報告書が九条の机の上にあった。直接報告してこないのが九条へのいつもの対応だ。

九条はそれに目を通した。九条がさっき見聞きしたことが書かれており、懐かしい名前もそこにある。

再会はしたものの、結局十年前と同じ、親しくない同級生で終わるだろう。それでよかった。

新はかなり驚いていた。九条と再会したことにだ。高校のとき以来だから丸十年ぶりになる、あの表情の乏しい顔を見るのは。

驚いたのは再会した事実ではなく、九条が新を覚えていたことだ。親しく話したこともなかったし、何より当時は嫌われているとさえ思っていた。真面目で成績優秀、けれど優等生というにはあまりにも無愛想すぎる九条は、新とは違う意味で目立っていた。エリート一家だというのも噂で聞いたことがある。その九条が刑事になっているとは思わなかった。

しかし、課長にしては他の刑事たちの態度がおかしい気がする。

「刑事さん」

新はその場に残った花山に呼びかけた。

「九条って、課長っていうくらいなんだから、あんたたちの中じゃ一番偉いんじゃねえの？」

「それはもちろん」

花山が当然だと頷く。

「じゃあさ、なんであのおっさんの意見聞かなきゃなんねえの?」

　核心をずばり突いた新に、花山は言葉に詰まった。

「課長はまだ現場に慣れてませんので」

　花山の態度が丁寧になったのは、新が九条と同級生だとわかったからだ。つまりはそれぐらいには九条は気遣われているということだ。

「仕事ができるから課長になったんだろ?」

「課長はキャリアですから」

　花山は言いすぎたといったふうに新から視線を逸らした。

「キャリアって何?」

　新の質問に花山はもう答えなかった。代わりに隆史が口を開く。

「俺、知ってるよ」

「お前が?」

　隆史は得意げに頷く。

「ドラマで見た」

「またドラマかよ」

「映画にもなったじゃん」

　そう言って隆史は大ヒットした映画のタイトルを挙げた。かなりの話題作だったから、あまりテレビを見ない新でも何回かそのドラマを見たことがある。

「あの中に出てきたよね？　キャリアがどうとか」

「あったあった。でも、あの中じゃ、かなり偉そうだったけどな」

新は記憶を辿《たど》った。ドラマに登場したキャリアには、ヒラの刑事たちが傅《かしず》いていたように記憶している。さっきの九条に対する態度とはかけ離れたものだった。

「無駄話はそこまでにしてもらおうか」

険しい声が聞こえ、野上が戻ってきた。

「あれ、九条は？」

新は野上の後ろを捜すが、九条の姿はない。

「事情聴取にわざわざ課長に立ち会ってもらう必要はない」

「とかなんとか言って、九条のこと仲間外れにしてんじゃねえの？　俺の同級生、あんま苛《いじ》めないでやってよ」

親しくはなくても嫌ってはいない。むしろ今日の再会で興味を持った。

新の態度がふざけているように見えたのか、野上はさらに表情を険しくした。

九条の登場で中断した事情聴取という名の取り調べは、それからまた再開し、

「今日のところはお引き取りいただいて結構です」

野上の口からその言葉が聞けたのは、終電などとっくになくなった深夜だった。

2

捜査会議は翌朝から行われた。前日の事情聴取では居場所のなかった九条はその日のうちに帰宅していたが、新たちが帰宅したのは深夜二時過ぎだったという。当然、刑事たちもその時刻までいたはずで、なかには泊まり込みをした刑事もいた。

昨日の段階ではまだ自殺とも他殺とも断定できない状態だ。だから捜査会議といっても刑事課だけが集まったにすぎない。

「死亡推定時刻は午後四時半から五時の間。死亡原因は青酸化合物による中毒死です」

解剖結果を刑事の一人から報告される。

「川端家の家政婦太田によると、死亡した志藤久美子は午後三時半過ぎから書斎に籠もり、家政婦が仕事を終え帰宅する午後六時まで一度も顔を見せなかったということです」

さらに別の刑事が報告する。

「志藤さんには息子が一人いますが、自殺するような心当たりはないとのことです。その息子の証言によれば、被害者と甥の隆史は仲が悪かったという話です」

「理由は?」

尋ねたのは九条ではなく野上だ。会議は九条ではなく野上を中心に行われている。

「被害者にとっては兄にあたる川端和夫《かずお》の遺産問題です。一週間前に病死しています」

刑事の発言を受け、他の刑事たちが口々にやむを得ない話だと囁《ささや》き合う。九条は実際に現場に行っていないから見ていないが、相当に立派な屋敷だったようだ。都内にあれだけの敷地があれば資産は相当なもので、久美子が黙っていないのは当然だというのが刑事たちの感想だ。しかも、その豪邸に今は隆史が一人で住んでいる。

「実の息子なら揉めることもなかったかもしれませんが、隆史は養子ですからね」

ホワイトボードには事件のあらましが書かれ、関係者の写真が貼り付けられている。

「隆史が養子になったのは二年前、川端和夫には他に身寄りがなく、遺産はすべて自分のものになると思っていた久美子にとっては不満があったのでしょう」

「口論の末ってこともあり得るな」

野上は当初から他殺を疑っている。人間関係や背景が明らかになるほどに、その思いは強くなっているようだ。

「いくら鍵が掛かっていたといっても室内のドアだ。それに合鍵がないっていうのも川端隆史の証言だけだからな」

野上の口ぶりでは犯人は隆史に決まりだと聞こえてしまう。刑事の勘に頼る思い込みは冤罪《えんざい》を生みやすいが、九条は口を挟まなかった。どうせ意見が聞き入れられることはないのだ。

「そもそも鍵が掛かっているのも証言してるのもあの二人だけだ」

野上の疑いは新にまで向けられた。九条は新など知らないとでも言いたげな顔を作って話を聞いているが、本当は十年ぶりに再会した新の顔が昨日から頭を離れなかった。人好きのする笑顔も、そのくせ時折見せる鋭い目つきもあの頃と変わっていない。

「本当にその日が初対面だったのか？」

疑いだすと切りがないとばかりに、野上の追及はそんなところにまで及ぶ。

「現時点ではまだなんとも……」

問われた刑事は言葉を濁した。

死体発見からまだ半日しか経っていない。そこまで調べられないのは無理のないことだ。それでも新の簡単な略歴は明らかになっていた。九条が知っているのは同じ西城学園に通っていたということだけだ。報告書には九条の知らない新の姿がある。

子供の時から祖父の元で暮らし、その祖父の跡を継いで、高校卒業後、鍵師の修行に入った。祖父は半年前に亡くなり現在は一人暮らし。両親は健在なのに祖父に育てられた理由まではわかっていない。

「引き続き川端隆史の身辺調査と日向新との……」

野上はチラリと九条を横目で見たが、九条は気づかないふりで何も言わなかった。ただの同級生というだけ、興味はないというスタンスは崩さない。

「関係も捜査。久美子とのいがみ合いの原因となった遺産問題。毒物の入手経路について……」

野上が刑事たちに捜査の割り振りを指揮している。言葉にはしなかったが、他殺と断定しての捜査の進め方だ。九条はそれに対して頷き了承するしかない。

会議終了とともに刑事たちは駆けだしていった。刑事たちには事件を早期解決したいという気持ちは確かにある。警察官としては立派だ。だからこそ、本来の警察官ではない九条に対する敵対心が露骨に表れている。

刑事たちが捜査に走り回っても、本来するはずの指揮をさせてもらえない九条には居場所がない。刑事たちが誰一人として帰宅できないのに、午後七時には署を後にしていた。

こんなときはどうしても気分が晴れない。仕事ができない苛立《いらだ》ちだ。自宅で一人でいてもなおさら気が滅入る。九条は行きつけの店に顔を出すことにした。

とはいっても仕事帰りに直行することはしない。一度自宅に戻り着替え、自分の身元が明らかになりそうなものはすべて置いてから、店に向かった。

パッと見では九条とわからないほど雰囲気を変えている。眼鏡を外し、前髪を下ろして、服装もいたってラフなものにしている。そうしてから九条は店に足を踏み入れる。

男しかいない店内は居心地がいい。九条はゲイだ。はっきりと自覚したのはこの仕事についてからだった。

どこに座ろうか視線を巡《めぐ》らし、九条は見知った顔を見つけ近づいていく。

「久しぶり」

九条に気づいた客の一人、周平《しゅうへい》が声をかけてくる。九条にとっては数少ない友人の一人だ。九条は仕事場では見せたことのない笑顔になる。

「先週来たけど、そっちがいなかったんじゃないか」

ここでは言葉遣いも変わる。これが九条の本当の姿で、普段は虚勢を張っているにすぎない。

「それは失礼」

周平はふざけて笑い、

「大丈夫だった？　変なのに引っかかってない？」

「大丈夫。さすがに懲《こ》りてるから」

九条は苦笑いを浮かべる。

ここはゲイバーであり、男同士が出会いを求める店でもある。周平と知り合うまで、三人の男と知り合い関係を持ったが、ろくな男はいなかった。おかげで九条はなかなか踏み込んだ関係になれなくなっていた。

「そのうち俺がいい男を紹介してあげるからさ」

「ありがとう。でもいいよ。こうして周平と話してるだけで楽しいから」

周平の好みはかわいい年下の男の子で、九条はそれに外れ、だからこそいい友人関係を築けていると言っていい。

「頭のいい大人の男がいいんだっけ？」

いつだったか、おそらく出会ってすぐの頃に訊かれて答えたことを周平は覚えてくれていた。けれど、今、咄嗟《とっさ》に浮かんだのは新の顔だった。

好きだったわけではない。自分とは違うタイプだからと憧《あこが》れていたわけでもない。絶対に自分にはできない生き方をする新がただ羨《うらや》ましかっただけだ。

「何？　誰かいんの？」

周平が目ざとく九条の表情の変化に気づく。

「そんなんじゃないって」

「ノンケはやめたほうがいいよ。もし万一うまくいっても、後々、女に走られることが多いからさ」

違うと言っているのに、周平は九条に気になる男がいると決めつけていた。

「そういう周平はノンケばっかり好きになるくせに」

「だから、経験上言ってんだよ」

新は確実にノンケだ。高校時代に彼女がいたことは知っている。それも一人や二人ではなかった。かなりモテていたことも知っている。

「絶対に好きになんかならないって」

九条はまるで自分に言い聞かせるように言った。

鍵屋の仕事は基本的には営業時間があってないようなものだった。九時から五時までに誰もが鍵を失くすわけではない。警察から深夜に解放された今日も、夜の九時を過ぎてから出張依頼の電話があった。

場所はＳＭクラブ。客に掛けた手錠の鍵が失くなったという、滅多に出会わない類の依頼だった。本物ではなくおもちゃの手錠は作りも簡単で、造作もなく仕事は終わった。

「時間外なんでしょ？　悪かったね」

ＳＭクラブのマネージャーとは思えない、人のよさそうな男がわざわざビルの外まで新を見送ってくれる。

「こんくらいの時間なんてしょっちゅうっすよ。これを機会に是非ご贔屓《ひいき》に」

新はセールストークで答えた。

「うちとしてはこんなことがしょっちゅうあったら困るんだけどね」

店の裏口でそんな会話を交わしていたときだった。

ちょうど向かいの店に入っていく男の姿が目に留まった。二日前ならきっと気づくこともなかっただろう。

「マネージャー、あの店ってどんな店？」

新は視線を店に向けたまま尋ねた。この辺りに来るのは今日が初めてだ。ここにＳＭクラブがあることも知らなかったし、あの男が入っていくような店があるとも知らなかった。

「何、興味あんの？」

「店の名前をどっかで見たことあるような気がしてさ」

新は適当な言い訳を口にする。

「君、そっちの人？」

マネージャーがいやらしい笑みを口元に浮かべる。

「そっち？」

「あそこ、ゲイバーだよ。いわゆるハッテン場ってやつ。ゲイが出会いを求めて集まる店」

「ハッテン場ねえ」

新の視線は店の入り口に釘付けになる。

「興味ありそうじゃない？」

マネージャーがまだ疑わしげに尋ねてくる。

「興味は大いにあるね。たいていのことはしてきたけど、男としたことはまだなくってさ」

「好奇心旺盛なのは若い証拠かな。ＳＭにも興味が出たら遊びに来てよ」

マネージャーはそう言って、

「これ、うちの割り引きチケット、そんとき使って」

新の手にチケットを押しつけ、笑いながら店の中に消えていった。

新はチケットをスタジャンのポケットに押し込むと、腕時計を見て時間を確認する。たった今店に入ったばかりだ。まさか五分やそこらで出てくることはないだろう。

新の目を留めたのは、昨日十年ぶりに再会したばかりの九条だった。元同級生といっても、当時はほとんど言葉を交わしたことがなく、もちろん、九条の性癖など知るはずもない。

新は大通りに停めていた車に戻り、九条の入った店の入り口が見える場所に車を移動させた。これならいつ九条が店を出ても気づくことができる。

十年前はただの同級生で、それ以上でも以下でもなかった。だが意外な場所で再会を果たし、当時の面影を残しながらも当時以上に張り詰めた雰囲気を醸《かも》し出す九条に新は興味を持った。楽しいことなど何一つない、九条はそんな顔をしていた。

その九条がこんな店に出入りしている。思いがけず発見した意外な素顔に新は楽しくなる。

煙草を吹かしながら、新はじっと待っていた。見かけが派手なせいか、じっとしているのが苦手で体を動かすのが似合っているように思われがちだが、新は何もせずに過ごす時間も嫌いではなかった。

九条が店を出てきたのは約二時間後だった。新にとっては好都合なことに、めぼしい相手がいなかったのか九条は一人だった。

新の車とは反対側に向かって歩いていく九条を追って、新は急いで車を降り背後から早足で近づいていく。

「よ、九条。二十四時間ぶり」

いきなり後ろから九条の肩を抱いた。

名前を呼ばれたことにか、声に聞き覚えがあったことにか、それとも急に触れたからなのか、九条の全身が強張ったのが肩に置いた新の掌《てのひら》から伝わってくる。

「最初からこの格好ならお前だってわかったのにな」

新は九条の顔を覗き込んだ。警察で会ったときのような堅苦しい格好ではなく、今の九条は白のダウンコートを羽織り、下はジーンズだった。眼鏡も掛けていなければ前髪も額に被さっている。こうしていれば年齢よりも若く見え十代の頃に近づき、新が知っている当時の面影を見つけることができた。

「どうしてここに?」

九条の声は震えていた。新はそれに気づかないふりで、

「この近くで仕事。そんなことより、ゆっくり話したいんだけどな」

そう切り出した新を九条が探るような目で見上げる。

「そんな警戒すんなって。ここで立ち話でいいのか?」

「いや、それは……」

九条は明らかに人目を気にして首を振った。

「俺の車、そこに停めてんだけど、乗る?」

九条に断れるはずがないと知りながら、新は軽い口調で誘う。

九条がそれに小さく頷いたのを見て、新は先に車に向かって歩きだす。九条は黙ってその後をついてくる。

新は運転席のドアを開け乗り込むと、中から助手席のドアを開けた。九条は今度も黙ったまま乗り込んできた。

車を走らせないでも話をすることはできる。けれど新は行き先も言わず、エンジンをかけ車を走らせる。九条はそれに対して何も言わなかった。

「目的はなんだ？」

大通りで車の流れに乗ってから、ようやく九条が口を開いた。

「いきなりだな、昔話の一つもないのかよ」

「お前と共有する思い出なんか何もないだろう」

警察で会ったときと同じ口調だが、声がさらに硬く微《かす》かに震えている。

「そりゃそうだ」

新はクッと喉を鳴らして笑う。

「わかったら早く用件を言ってくれ」

「お前って昔からそんなせっかちだったっけ？　ま、いいや」

新は店の前で九条を見たときから考えていたことを口に出した。

「あの店に一人で行って一人で帰ってきたってことは、お前、今、相手いないんだろ?」

自分が利用したことがなくてもハッテン場の意味くらい知っている。そこに出入りする目的もマネージャーに教えてもらわなくてもわかっていた。だから九条はフリーだと確信していた。

九条はすぐには答えなかった。答える必要がないと思っているのか、それとも答えを探しているのか、新は焦らず返事を待った。

「だったらなんだ」

しばしの沈黙の後、九条がようやく口を開いた。新の予想どおり、相手はいないと肯定しているようなものだ。

「俺としようや」

新は九条を呼び止めた目的を切り出した。

「何言って……」

九条の顔が驚きで固まっている。

「一回男としてみたかったんだよ。けどさ、そんなに簡単に相手も見つかんねえし、そういうチャンスもなかったしで」

これは本音だ。新にはセックスに対する拘《こだわ》りがない。楽しければいいと思っている。過去にゲイの男と知り合ったときに、いろいろと話を聞かされたことがあった。その男にしてみれば新を口説く意味もあったのかもしれないが、その男には興味が持てなかった。新よりもごつい筋肉質の男だったからだ。ただ、その男がいかに男同士が気持ちいいかを熱く語っていたから、いつか機会があったら試してみたいと思っていた。店に入る九条を見かけたとき、これがそのチャンスだと思ったのだ。

「本気で言ってるのか?」

九条は信じられないと問い返してくる。

「本気も本気。大マジ」

新は快楽を追求することに対して、モラルや常識に囚《とら》われることがなかった。特定の恋人はいないが、セックスフレンドと呼べる女友達はいる。

「一度寝たら今日見たことは忘れてくれるのか?」

返ってきた答えは意外なものだった。どうやら九条は新に脅迫でもされていると思っているようだ。

「そういう言い方すっと、俺が脅《おど》してるみたいに聞こえんだけど?」

「違うって言うのか?」

九条が下唇を噛んで険しい目で睨んでいる。その様子に新は頭を掻く。

「俺は単純に誘ってるだけなんだけどな」

ちょうど信号で車が停まる。新は九条の顔を覗き込んだ。

「そういう男に見える?」

よく見てみろとばかりに顔を近づけ問いかけるが、九条はその視線を避けるように顔を窓の外に向けた。

「わかった」

「オッケーってこと?」

「ああ」

九条の声はどこか冷めていた。

「気が乗らねえならやめてもいいんだぞ」

「いや」

九条が首を振る。

「俺のマンションに行ってくれ」

そう言って、九条は自分のマンションの場所を事務的に新に説明する。

「何を意地になってんだか」

新は呆れて、それでも言われるまま九条のマンションに向かって車を走らせた。

どうしてこんなことになったのか。九条の頭の中はそんな思いでいっぱいだった。

新の目的がわからなかった。興味本位で男を抱いてみたいというが、元同級生というだけで九条に声をかけなくても、新ならいくらでも相手が見つかるだろう。女でも男でも、新が口説けばその気になる奴はきっとたくさんいるはずだ。

車がマンションに着いても、九条はいつ新が冗談だと言いだすのか待っていた。けれど新の口からはまったく別の言葉が出てきた。

「へえ、結構いいマンションだな」

とても脅しをかけた男とは思えないほど暢気《のんき》な口調で、マンションを見上げる。

車はマンションの前に停めた。駐車場は住人の台数分しか確保されていないし、そこまで新を気遣うこともないだろう。

九条は一言も口をきかず、マンションの中に入った。エレベーター内でも無言だった。新もあえて話しかけてこようとはしない。無言のまま、九条は部屋の鍵を開けた。

「普通なんだな」

先に部屋に入る九条の後について、新が感想を口にしながら続いてくる。

「なんの話だ?」

ようやく九条は口を開いた。できるだけ普通に、なんでもないことのように振る舞う。動揺していると思われるのが嫌だった。

「課長だし、キャリアとかいうのなんだろ?　給料もヒラの刑事よりよっぽどいいんだろうから、もっといいトコに住んでるのかと思ったよ」

「所詮、公務員だ」

九条は素っ気なく答える。確かに官僚の給料は地方公務員の警察官に比べれば高給になるのだろうが、同年代と比べて際立って高いとは思えない。

「しかし、お前が刑事になるとは思わなかったな」

「なりたくてなったわけじゃない」

「けど、自分で試験受けたんだろ？」

何が知りたいのか、新は質問を続ける。けれど、今の九条にはそんな質問に一つずつ答えている余裕はなかった。それに言う必要もないことだ。

「俺と話をするつもりでここに来たのか？」

「やるだけってのも味気ないだろ？」

「味気なくて結構だ。先にシャワーを浴びてきてくれ」

九条は新を追い立てる。

「へいへい」

新は肩を竦めてバスルームに向かった。

これだけ不機嫌にしていれば愛想を尽かすかと思ったが、新に気が変わる様子はなかった。

九条は一人になり深い溜息をつく。

本当に新に抱かれなければならないのか。ゲイだと自覚してもセックスは別だった。過去に何度か経験はあるが、いい思い出はない。痛くて辛いものという認識しかなかった。そんな九条に相手もつまらなさそうにしていた。きっと新も興味本位で手を出したことを後悔するだろう。後悔されてしまうのも胸が痛い。

九条に悩む暇など与えないつもりか、ほんの数分で新が出てきた。シャワーを浴びたという体裁だけを繕ったように腰にバスタオルを巻いているが、髪は濡れていない。

「お前も入る？」

新はまるで自分の部屋であるかのように誘ってくる。九条はそれには答えず、黙ってバスルームに向かった。

誘ってきたときの口ぶりだと新は男を抱いたことがない。だとすればそのための準備は自分でしなければならない。

新が使ったために浴室の床は濡れている。九条はその上に立ち、シャワーのコックを捻《ひね》った。すぐに後ろに手を回したものの、ためらいがあって、なかなかその先に進めない。自分でしたことはなかった。いつも人任せだった。愛情ももちろん、そんな消極的な態度も長続きしなかった原因だったのかもしれない。

だが、何もしなければ辛いのは自分だと、九条は覚悟を決め、ボディーソープを指に付け、後孔にゆっくりと突き刺した。

「……っ……」

思わず息が漏れる。もう一年以上も何もしていないせいでそこは固く閉ざしていた。早くしなければ怖がっていると思われる。そう思ってもなかなかそれ以上に進めない。

こんな思いまでして、元同級生に抱かれなければならない自分の立場がひどく滑稽に思えた。自嘲《じちょう》気味に笑うと力が抜けたのか、指がすっと奥まで入った。その現実に九条はますます自身をあざ笑う。

それからは楽になった。情けなさもピークに達すると開き直れる。

九条がようやくバスルームを出ると、リビングに新の姿はなかった。

「日向?」

帰ったのかもしれないという微かな期待を抱いて呼びかけた。

「こっちだ」

望みは叶わず、寝室から声が返ってきた。九条のマンションは1LDKの造りになっていて、新のいる部屋は寝室として使っている。

九条は表情を険しくして、そのドアを開けた。造り付けのクローゼットに、セミダブルのベッド、そのそばにサイドテーブルがあるだけの、殺風景な部屋だった。

「勝手に入るんじゃない」

不機嫌そうな声でそう言いながら寝室に入った九条は、ベッドの上に座る新に息を呑んだ。新は腰に巻き付けていたタオルを外し、裸身を晒《さら》していた。

「何、俺の体、気に入った？」

九条の視線に気づいたのか、新が悪戯っぽく尋ねてくる。

九条は目に見えて狼狽《うろた》え、視線を逸らした。ゲイなのに、同性の体を見てときめいたのは初めてだった。

「一応、鍛えてんだよ。それこそお前と一緒だった高校のときからな」

高校時代、新は運動部に入っていなかったはずだ。鍛えていたという言葉が示すように、九条が目を奪われるほどの、綺麗な筋肉が腕や胸を飾っている。

「しねえの？」

「すればいいんだろ」

「そんなムキになんなよ」

男とセックスするのが初めてだという新のほうが、よほど余裕があるように見える。こういったことに慣れている態度だ。

やはり自分とはまるで性格の違う男で、しかも今まで周りにいなかったタイプだ。九条はどう接していいのかわからなかった。

「そういえば眼鏡を外したところ、初めて見たな」

同級生だといっても付き合いはなかったし、高校時代からずっと眼鏡を掛けていて、体育の授業でも外すことはなかった。九条たちの高校にはプールがなかったから水泳の授業もなかった。確かにほとんど人前で眼鏡を外したことはなかったような気がする。

「そっちのほうが全然いいよ。なんでコンタクトにしねえの?」

状況に不似合いな質問に答えなかったのは、それどころではなかったからだ。

眼鏡がなければ見えないというほど視力は悪くない。今もはっきりと新の体は見えている。まだ萎えたままの中心が、それでも大きくて不安を抱いてしまう。

九条はゆっくり新に近づいていく。

新は九条の腕を取った。九条はその新の腕を振り払う。

「お前は触るな。俺がする」

九条は着ていたパジャマの下だけを脱いだ。男の体を新に見せても意味がない。それにこうすれば自分の体を隠すこともできる。

骨張った白くて細い足が薄暗い寝室の明かりに浮かび上がる。九条は自分の体が嫌いだった。筋肉も付きづらく太れない体質だ。貧弱に見えるのが嫌だった。

九条はまだどこかで新がやっぱりやめると言いださないかと思っていた。自分を見て、経験豊富そうな新が興奮するとは思えない。けれど、九条の骨張った足を見ても新の気持ちは変わらないらしく、

「それじゃ、任せましょ」

新は両手を後ろでつき、中心を見せつけるように背を反らした。

九条はベッドに上がり、新の伸ばした足元に膝をつく。そして、そのまま背中を丸めて、新の中心に顔を近づけた。まだ力を持っていない新の中心が目の前にある。口での奉仕を強要されたことがあったから初めてではないが、テクニックはない。いつも途中で呆れられていた。

それでも新を勃《た》たせてイカせないと終わることができない。九条は口を開き、萎えた中心に手を添えて口に含んだ。

ぎこちないながらも九条は懸命に新をイカせようと舌や歯を動かす。

おかしな気分になってきた。あの新が自分の動きで大きくなっていく。九条は体が熱くなるのを感じた。過去に経験したことのない気持ちだ。

新が完全に大きくなった。ここからが本番だ。

どんな顔をしているのか知るのが怖かった。自分がどんな顔をしているのか見られるのが怖かった。しかし九条はためらいながらも顔を離し、新を見上げた。

新は見たことのない男の顔で九条を見下ろしている。

「これだけで、イケって?」

言葉で視線で挑発される。新は一息つき、自分を落ち着かせる。

「わかってる」

九条はサイドテーブルに手を伸ばした。引き出しを開け、その中からコンドームの袋と潤滑剤を取り出す。今日のような日に備えていたわけではなく、過去に付き合った男が置いていったのをそのままにしていただけだ。

新は短く口笛を吹く。

「準備万端じゃん」

新の言葉が胸に突き刺さる。いつも男を誘い込んでいるように思われた。でもそういうふうに、なんでもないことのように思われたほうがいい。

「……中で出されたくないだけだ」

「女みたいなこと言うのな」

新の言葉がますます九条を傷つける。九条はそれを新に気づかせたくなくて瞳を伏せた。それでも新は何か気づいたのか、顔を覗き込みに来る。

「九条？」

「うるさい、黙ってろ」

九条はやけくそのように怒鳴った。もうどう思われてもいい。少しでも早く終わらせたい。コンドームの袋を破り、中身を取り出すと、新の屹立《きつりつ》に近づける。他人のものに被せるのも初めてだ。手際が悪くなるのも気にしていられない。新は九条の好きにさせるつもりなのか、何も言わなかった。

どうにかコンドームを被せ終わると、その上に潤滑剤をたっぷりと垂らしてから、九条は新の腰を跨《また》いだ。新の硬く勃ち上がったモノに手を添え位置を確認しながら、ゆっくりと慎重に腰を落としていく。

一度も新の顔は見なかった。俯《うつむ》いてただ足の間だけを見ていた。

いくら指で解したとはいえ、久しぶりすぎて呑み込むコツも忘れていた。すさまじい圧迫感に脂汗が出てくる。

「うわ、キッっ」

新の声が聞こえる。

九条がこれだけ苦しいのだ。締め付けられている新が何も感じないはずがない。自分だけが苦しいのではない。そう思うと少し気持ちが楽になった。息を吐きながら、少しずつ体を落としていく。

「うっ……く……」

時間をかけて新をすべて呑み込んだ九条は、それ以上動くことさえできなかった。新も動かないでいる。

時間だけが流れる。

「九条」

呼びかけられた声に、九条は視線だけを動かす。どうしてもまともに新の顔を見られなかった。

「まさか、これで終わり？」

「違う……」

九条は掠《かす》れた声で短く答えて首を振る。

「だよなあ。しゃあねえ、交代だ」

えっと問い返す間もなかった。

新は繋がったまま体を起こし、逆に九条の体を押し倒した。その反動で九条の肩から頭にかけて、ベッドの外に飛び出した。

「いっ……」

体勢が変わったために繋がった部分がずれ、九条は痛みに悲鳴を上げる。

「お前、実は慣れてないだろ？」

九条は視線を逸らす。ばれていたにしてもそれを問いただす新の無神経さに腹が立つ。

「あんまり経験ありそうには見えなかったし、リードできんのかとは思ってたんだよ」

「うる……さい」

抗議したくても息苦しさで思うように言葉が紡げない。

「しかも、お前、俺だけをとっととイカせて終わらせようと思ってたろ？」

そこまで見抜かれていた。九条は否定も肯定もできず黙って新を見上げるしかない。

「そういう態度に出られると、何がなんでもお前をイカせたくなってくんな」

新が意地の悪い笑みを浮かべる。

九条は嫌な予感と身の危険を察知して、逃げようと体を捻った。その動きで九条の中から新が抜け出る。その感触に体をゾクリと震わせながらも、俯せになりベッドから落ちた手を床について逃げ出そうとした。

「あっ……」

足首を掴まれた。

「なんで逃げるかな」

新は掴んだ足首を引っ張り、さらに腰に手を回し、ベッドの上にその体を引き上げた。

「まだ俺もお前もイッてねえだろ」

「嫌だ」

何をされるかわからない不安で、九条は本気で拒否した。自分でリードしているうちはよかった。

「俺にイカされんのが嫌だって？　マジ、むかついた」

新は九条の両足を膝裏に手を添えて大きく拡げさせる。そして、自身の先端を閉ざした入り口に押し当てると、力任せに突き入れた。

「ああっ……」

九条は悲鳴を上げ背をのけぞらせる。けれど、既に新を受け入れていたそこは、九条の意志とは関係なしに新を呑み込んでしまう。

限界にまで拡げられ、新の大きさ硬さをリアルに感じる。脈打つ熱さも教えられる。

「たまんねえな、このキツさ」

新は熱い瞳で口角を上げた。いやらしい笑みが浮かんでいる。

九条は苦しさに耐えていたが、それに気づかない新は容赦なく腰を動かし始めた。

「や……、待っ……て」

九条はついに悲鳴を上げた。痛みに涙まで零れ始める。もうどんな仮面もつけることはできなかった。

「なあ、お前も感じてる？」

新は九条の願いなど聞こえないかのように、九条の中に夢中になっていた。恍惚《こうこつ》としたように問いかけながら突き上げ続ける。

九条はそれに首を横に振るだけで精一杯だった。快感よりも痛みが勝っていることに新は気づかない。

「マジで？」

新は体を起こして、二人の間に挟まれた九条自身を覗き見た。パジャマが胸まで捲《めく》れ、姿を見せたそれはまったく力を持っていなかった。

「じゃ、これは？」

新は九条の右足首を摑み、自分の左肩に九条の右足を乗せた。

「あ……んっ」

九条の口から初めて快感を表す声が漏れた。繋がる角度が変わったために、九条の体が大きく跳ねる。

九条は自分自身の反応に驚いた。過去に覚えたことのない快感だった。

「オッケー、いい感じ」

新は九条が感じ始めたことに満足して、さらに腰を使った。何度となく突き上げ、そのたびに九条の体が痙攣《けいれん》を起こしたようにひくつく。形を変えた九条の先端から零れだした液体が、新と九条の結びついた場所を濡らしている。それでもまだ九条は射精しなかった。

「ホント、強情だな」

そう言って新はさらに深く九条をえぐる。

「やぁっ……」

悲鳴に近い声が九条の口から零れる。

もう限界だった。九条は自ら中心に手を伸ばした。

「何やってんだよ」

新はそれに気づいて九条のその手をシーツの上に押さえつけた。

「もう……無理……、頼……む」

九条が息も絶え絶えに訴える。瞳からは涙が次から次へと溢れ出る。

「イクななんて言ってねえじゃん」

「こ……れだけ……じゃ、無……理」

切れ切れの掠れた九条の言葉に、

「無理かどうか、やってみろっての」

新は体を折り曲げ、九条の耳元に口を寄せる。

「なあ、イけよ」

唇が耳に触れるほどの距離で囁かれた瞬間、そこから震えが拡がり九条は新を締め付けた。

新はそのキックなった抵抗の中、勢いよく腰を押し進めた。

「やあっ……」

九条がひときわ大きく叫んで弾けた。その瞬間の締め付けに新も九条の中で終わりを迎えた。

「最高」

新は満足げに言って、九条の体に覆い被さる。九条は何も言わないだけでなく、身動きすらしなかった。新が九条の中から自身を引き抜いた後も、九条は動かない。

「九条、おーい」

顔を寄せて呼びかけた新にも、虚ろな視線をさまよわせるだけだ。

「意識飛ばすほど、よかった？　俺はすっげーよかったけど」

新は勢いをつけて立ち上がり、そのままベッドを下りた。

「っと、服はバスルームだったな」

見回しても当然、新の服はここにはない。

「ついでにもう一回シャワーも浴びるか」

新は自分の体を見下ろして言った。新の腹には九条が吐き出したモノが飛び散っていた。

「お前、疲れてそうだからそのまま寝てろよ。俺は勝手に帰るからさ」

新はそう言ってもう一度九条の顔を覗き込む。

「今日はサンキューな」

今度も九条は答えなかった。

頭の隅で新が部屋を出ていく音を聞いていた。

まだ動けなかった。後ろだけでイカされたことに衝撃を受けていた。過去の少ない経験で、自分はセックスに向いていないと思っていた。

自分が取った痴態に情けなさが込み上げる。

今まで知らなかっただけ。知ってしまった後はどうすればいいのか。

新は興味本位で一度試しただけで、二度と九条を抱くことはないだろう。新ならいくらでももっといい相手を見つけることができるはずだ。

自分の想像に胸が痛くなる。

体を重ねて初めて気づいた。羨ましかっただけというのは嘘だ。言葉すらまともに交わしたことのなかったあの頃、九条は新が好きだった。だからこそ、誘いをかけられたときにうまく断ることもできず、部屋にまで招き入れてしまった。好きなタイプが大人で頭のいい人というのも嘘だ。新と正反対のタイプを言ってみただけのこと。

気づきたくはなかった。気づかずにいれば、胸を痛めることなく、また記憶の底に沈めることができたのに……。

九条は一人きりになった部屋で、快感からではない涙を零していた。

3

「よお、どうした？」

平日の昼間、店のドアを開けた人物に新は驚いた声をあげる。最近は電話での依頼のほうが多くて、直接店に客が来ることも珍しいのだが、今日の客はそんな事情以上に意外だった。

「忙しい？」

隆史が柔らかい笑みを浮かべて問いかける。

「見てのとおり」

新は肩を竦めてみせた。午前中にはまだあった仕事が昼前に片づき、それからはずっと手先の訓練だけをしていた。新の手元には手先が鈍らないための訓練用の鍵穴があるだけだ。

「じゃあさ、ここにいていい？」

隆史が上目遣いで尋ねる。

「それはいいけど、なんだ、元気ねえな」

まだ知り合って間もないが、人懐っこく明るい性格だということもわかった。その隆史が少し沈んだように見える。

「新さんは大丈夫？」

「何が？」

隆史の質問の意味がわからず問い返す。

「俺の周り、ずっと刑事が張り付いてんだ」

「そりゃまた、災難だな」

他に言いようもなくて、新はそう答えた。警察での刑事たちの態度から、よく思われていないことはわかっていたが、隆史にはそれ以上の何かがあると思われているようだ。

「でしょ？　遊びに行けなくってさ」

「疑われてんのか」

「みたい」

隆史はあっさりと認めた。

「あれは自殺だろ」

新は今日の朝刊で読んだ記事を思い出す。さすがに事件の翌日には間に合わなかったが、今日の新聞には、会社社長宅で不審死、警察は自殺と他殺の両方で調べていると書かれていた。

「それでは納得できないらしいよ」

「なんで？」

「自殺するのにわざわざ人んちでしないだろうっていうのと、あの部屋にね、水、なかったでしょ？」

そう言われて新は記憶をさかのぼる。テーブルの上には水の入ったものは何もなかった。それは最初に訪ねたときも死体を発見したときも同じだった。

「なかったような気がするな」

「あの毒は水に溶かして飲まないと粘膜が爛《ただ》れるんだって。でも久美子さんは爛れてなかった」

「誰かがあったはずの容器を持ち去ったってことか？」

新は警察が考えたであろう推論を口にすると、隆史は頷いて、

「誰かって俺しかいないでしょ」

「でも、お前、アリバイあったんじゃなかったか？」

「あれもアリバイっていうのかな」

警察の調べで家政婦の太田が、隆史は死亡推定時刻とされる四時半から五時の間には絶対に一階には下りてこなかったと証言した。あの日、新が帰った後、太田は玄関で死んだ社長の靴を整理していたという。二階へ続く階段は玄関の正面にある。太田の目に触れず階下に下りることは不可能だった。

「前もって毒を詰めたカプセルを渡しておいて、その時間に効くように仕組むとか」

「あのおばさんは、絶対にお前からもらったものは口にしないと思うけどね」

たった一度しか会ったことはないが、隆史に対する久美子の態度は、新にそう思わせるに充分だった。

「で、警察につきまとわれてどこにも行くところがないから、俺のトコに来たってわけか」

他の人間なら事情を説明することから始めなくてはならない。警察に疑われているのだと言って回りたくはないだろう。

「迷惑だった？」

隆史が窺うように問いかける。

「いや、ちょうど暇してたとこだ」

「何してたの？」

隆史が新の手元に目を留めた。

「手の訓練」

新は手を止めずに答える。

「へえ」

隆史が新の背後に回り背中から新の手元を覗き込む。

「前の時も思ったけど、器用だよね、こんな大きな手なのに」

隆史は自分の掌を新の手の甲に重ねた。

「あのさ」

新は首を曲げて隆史を仰ぎ見る。

「もしかして、俺、誘われてる？」

「わかった？」

隆史はにっこりと微笑む。

「最初のときからずっとアピールしてたんだけどね」

「そうだっけ？」

思い返してみても、新にはどれがアピールだったのかわからない。隆史が女だったら気づけたのかもしれないが、そのときはまだ男からのアプローチに気づけなかった。

「やっぱあれかな、経験値が上がってんのかな」

「経験値？」

「この間、チャンスがあったんで初めて男とセックスしたんだよ」

悪びれることも照れることもなく答える新に、隆史が噴き出す。

「どうだった？」

「すっげー、よかった」

新は正直な感想を口にする。そういえば、九条にはそんなことを訊かれなかった。

「はまりそう？」

「あれはハマルね」

新は九条の泣き顔を思い出した。泣きながら許しを乞う九条の姿は、新の男の部分を強烈に刺激した。

「俺ともしてみない？」

今度ははっきりと隆史が誘ってくる。

「俺みたいなのタイプなわけ？」

「すっごく。いい体してるよね」

隆史が新の胸元を服の上から撫でる。

「そこまで誘われたら断れねえな」

新は立ち上がった。

「上に行こう。上に部屋があんだ」

「店は？」

「もう五時過ぎたろ？　今日は早じまいにするわ」

新は隆史の背中を押しながら二階への階段を上がりかけ、気づいて足を止めた。

「やべっ」

急に声を上げた新に、隆史が不思議そうに振り返る。

「何？」

「俺んち、ゴムしかねえわ」

新が九条とセックスしたとき、九条の部屋には潤滑用ジェルが用意されていた。せっかくその気になったのに、今から買いに走る気にはなれない。新は頭の中で何か代用品がなかったか考えた。

「大丈夫、俺が持ってるよ。誘ったの俺なんだから、それくらい用意してるって」

「助かった」

新がホッとしたように言うと、隆史は笑いを堪《こら》えなかった。

「ホント、新さんって直球だよね。デリカシーに欠けるとか言われたことない？」

「そういうことを言いだすような奴とは付き合ったことがないんでな」

ふと九条の神経質そうな顔が思い浮かんだ。新が過去にセックスをした相手で、唯一、九条だけがそんなことを言いだしそうだった。

二階には部屋が二つある。新は右側の部屋の引き戸を開けた。

「こっちが俺の部屋」

「一人だよね？」

「そっちは死んだじーさんの部屋。片づけんのが面倒だからそのままにしてんだよ」

二階はほぼ寝るためだけにしか使っていない。一部屋あれば充分だ。

朝起きてから一度も入っていなかった部屋には冬の冷気が籠もっている。

「今、ストーブつけっから」

新は部屋の隅のストーブの前に座った。そして、火を入れてから振り返ると、既に何一つ身につけていない隆史が立っていた。コートもセーターもジーンズも、すべて畳の上に散らばっている。

「はえーな。まだ寒いだろ」

隆史の体をじっくり観察しつつ冷静に言った。男の体は自分で見慣れているから、視覚だけで煽られることはない。九条のときには元同級生だったからか、性的なものを感じさせないギャップからか、妙な興奮をした。

「だから早く暖まろ?」

隆史が裸の体を押しつけてくる。二人で倒れるように万年床の布団の上に転がった。

押しつけてくる隆史の唇に新も唇を重ね合わせる。男同士でもキスをするのだと、今更なことに新は気づかされる。九条とは一度もキスをしなかった。

新は体勢を入れ替え、上から隆史を見下ろす。今度は新のほうから唇を奪う。薄く開いた唇の間から舌を差し入れると、隆史がそれに舌を絡ませてくる。男同士でもキスは同じだ。充分に感じることができる。

「ねえ、触って」

隆史が自分の胸を触りながら新を誘う。新は言われるまま隆史の平らな胸元に手を伸ばした。既に硬く尖《とが》った飾りに指を這わすと、隆史が軽く身震いする。

「これも感じんの?」

「ぅん……」

隆史が気持ちよさげに頷く。

新はさらに顔を近づけた。小さな突起を歯で挟むと、隆史の腰が揺れる。

隆史は快楽を追うことに貪欲《どんよく》だった。自ら足を開いて新を招く。

抱き心地は悪くなかった。どこを抱いても骨に当たった九条よりも、女に近い柔らかな感触があった。それでも九条のときほど興奮はしなかった。明らかに九条よりも経験豊富な隆史は、新を盛り上げるテクニックを持っていた。それでも九条のときほど夢中にはならなかった。今回はセックスを楽しむ余裕があった。

最後は隆史に乞われるまま、隆史のモノを握り擦《こす》り上げながら突き上げ同時に達した。

「新発見が山盛りだったわ」

新は布団の上に仰向けに寝転がり、軽い疲労感に満足しながら言った。

「新発見？　だって男とするのは初めてじゃないんでしょ？」

横に寝転んだままの隆史が尋ねる。

二人の間には気恥ずかしさや気まずさはない。同じスポーツを楽しんだ仲間のような感覚があるだけだ。

「まあ、それはそうなんだけどさ、隆史ほど積極的じゃなかったからなあ」

「なかったから？」

何に興味を惹かれたのか、隆史は理由を知りたがった。

「わかんなくて、ついガンガンやっちまった」

「もしかして、挿《い》れただけとか」

ずばり見抜かれ、新は苦笑いを浮かべる。

「正解」

「うわ、最低」

隆史にしては珍しく眉間に皺を寄せ、険しい顔を作る。見ず知らずの新の初体験の相手に同情したようだ。

「やっぱ最低だよなぁ」

新は頭を抱えた。

「俺が男は初めてだっての知ってんだから、どうすればいいとか言やぁいいのに何も言わねぇんだもんよ」

新はこの場にいない九条に軽く責任転嫁してみる。九条が言ってくれれば、楽しむために協力は惜しまなかった。

「女にだっていろんなタイプがいるでしょ？　それと一緒。俺みたいなのもいれば、そりゃ、セックスが好きじゃないって人もいるよ」

隆史が諭すように言った。

「男を探しにその手の店に行ってたから、てっきり」

「ああ」

隆史はわかったように頷いて、

「そういう店に行くのって、男を探しに行くだけじゃないんだよ」

「じゃあ、何しに」

「その中にいるときだけは普通でいられるんだよね。ゲイだってだけでどこかおかしな目で見られて、だからみんなそのこと隠して生活してるわけでしょ。そんなのどっかで息抜かなきゃしんどいよ」

九条の顔が新の脳裏によぎった。いつも表情を硬くしていたのはそのせいだったのかもしれない。新の誘いを脅迫と誤解したのもそのせいだろう。新は今更ながら自分の考えのなさを後悔した。

「やっぱ、俺は最低だわ」

「一人で落ち込まないでくれる？」

隆史が軽く新の頭をはたいた。

「そうだな、落ち込んでてもしょうがねえか。明日にでも菓子折持って謝りに行ってくるわ」

「菓子折持って？」

隆史が声を上げて笑う。

「新さんっておもしろいね」

「俺はいたって真面目に生きてますよ」

「嘘ばっかり」

隆史は体を起こし、脱ぎ捨てたシャツを拾って立ち上がる。そして、シャツを羽織りながら窓辺に近づきカーテンを薄く開いて窓の外を見下ろした。

「まだいるよ」

「刑事？」

布団の上に寝転がったまま新は尋ねる。

「そう。新さんも警察で会ったことある刑事さん」

新も自分の目で確認しようと起き上がり隆史に近づいた。同じように窓の外を見下ろすと、そこにいたのは事情聴取の場にいた花山という若い刑事と、名前の知らないもう一人の二人組だった。

「ホントだな。しかし、こんなことして意味があんのかね」

新は馬鹿馬鹿しいとばかりにすぐに窓から離れた。

「他に疑わしいのがいないんでしょ」

隆史の口調はどこか諦めが入っていた。

「お前は疑わしいのか？」

「遺産の話が絡んでるから」

「でもちゃんとした遺言書もあったことだし、問題ねえだろ」

「俺が養子だってことは言ったよね？　養子縁組したの二年前なんだ」

養子にするのは小さい子供のときというイメージが勝手に出来上がっていたから、新は素直に驚きを表した。

「ずいぶん成長した子供を引き取ったもんだ」

「違うよ」

隆史は小さく口元を緩める。

「養子縁組って、ゲイにとっては結婚を意味するの、知らない？」

「そっちか」

聞いたことがあると新は納得した。

「そうそっち。だから余計に疑わしいって思ってんのかもね。警察って偏見多そうだもん」

「それにしてもなあ、他にすることねえのかよ」

「なかったりしてね」

隆史はクッと喉で笑う。

「でも何もしないでいると、新さんの同級生に報告することがないし」

「そういや、あいつ、課長とか呼ばれてたな」

警察署内で会った九条の神経質そうな顔が浮かぶ。

「頼んでみるか」

「俺を見張らないようにって？　無理じゃない？」

九条の警察での立場が微妙であることは、外にいる刑事に聞いていた。

「だめもとでさ。だから、あんま期待しないで待ってろ」

実際どれだけ効果があるかわからない。新もあまり自信はなかった。

「ありがとう」

「他にも用があるしな、ついでだよ」

「他の用？」

「それは内緒」

新は笑ってそれ以上の追及を遮《さえぎ》った。ここから先は九条のプライベートな問題になる。新が軽々しく口にできることではない。

許してもらえるかはわからない。それでも謝りに行かなければ新の気がすまなかった。男だから感情が伴わなくても達することはできる。あのときの九条がまさにそうだったのだろう。そう強いてしまったことを新は反省していた。


その情報をもたらした刑事は、かなり得意げな顔をしていた。

「なるほどな、ゲイの結婚ってわけか」

野上がこれで理由がわかったとばかりに頷いた。

聞き込みで隆史がゲイであり、現在もその手の店に出入りしていることがわかった。亡くなった川端和夫もゲイでずっと独身だった。二人はゲイにとっての結婚である養子縁組をしたのだとその店で教えられた。

「そりゃ、被害者もそんなんで遺産を持ってかれちゃ、納得できないわな」

隆史がゲイだとわかった途端、野上が死んだ久美子に同情的な言葉を口にする。ゲイに偏見があるのは明白だった。

九条は表情を変えずにいるので必死だった。ゲイという言葉が出るだけで、心臓を鷲掴《わしづか》みにされたような気分になる。

自分の性癖はずっとひた隠しにしてきた。だからこそ新とも脅されたと思い関係をもってしまったのだ。

厳格に育てられすぎたため、九条の生活には常に緊張感があった。異性に興味をもてないことも、勉強に忙しくてそれどころではないからちょうどいいと思っていたぐらいだ。だから自分の性癖に気づいたときはショックだった。

「被害者は社長の生前からかなり川端隆史のことを罵《ののし》っていたようです。遺産狙いだと言ったり、ゲイであることを中傷したり」

「川端が憎んでいても当然だな」

「それから……」

若い刑事が九条をチラリと見て言葉を詰まらせた。

「どうぞ」

九条は先を促す。刑事が言いたいことの予想がついた。

「第一発見者でもある日向新ですが」

やはり刑事はそのために九条に遠慮していた。

「川端は昨日、日向宅を訪ね、帰宅したのは翌朝でした。そのことから考えても、事件発生当日が初対面だというのも怪しいのではないかと思われます」

「二人の関係、さらに川端に毒物を入手することが可能かどうかを調べるということでかまいませんか？」

野上が言葉だけで九条の意見を聞いてくる。九条にたとえ異議があったところで、野上には聞き入れるつもりがないのにだ。

「結構です」

九条も言葉だけの同意をする。

捜査会議はこうして終わった。捜査は現場の刑事たちがする。お飾りの九条にはまた書類整理以外の仕事は残されていない。

九条にもわずか二年ではあるが、刑事として現場に出ていた経験がある。着任した当初はその経験を生かして指揮するつもりでいたが、すぐにその考えが甘いことに気づかずにはいられなかった。

今もまた九条の周りには誰も集まらず、それどころかお疲れでしょうからと早く帰宅することを署長から促される始末だ。将来の幹部候補、そしてまた祖父の威光もある九条への間違った気遣いでしかない。

九条は言われるまま、暗い気持ちで帰路についた。

自分は合理主義者だと思っている。無駄な時間を署で過ごすくらいなら、帰宅して自分の時間を持ったほうがいいと割り切っているつもりでも、気持ちは塞《ふさ》ぐ。

署から自宅までは電車通勤だ。これも合理主義ゆえのことだった。はっきりとした時間の読めない車を使うより、電車のほうが確実だからだ。

自宅へ続く道を規則正しい足音を響かせながら歩いていく。九条のマンションは駅から徒歩五分の距離にある。

まだ夜の八時だ。あの店に行こうかと思ったが、新と偶然会ったことを思い出した。また誰かに見咎められるかもしれない可能性を考えると、足を向けることができないでいた。九条にとって唯一の息抜きの場所なのに、あの日から行っていなかった。

「よお」

マンションの前まで来たところで声をかけられた。聞き覚えのある声に九条はドキッとしつつ足を止めた。

新だった。親しげな笑顔を浮かべて近づいてくる。その笑顔からはこの間の夜のことなど欠片も感じられない。

「いつもこんな遅いの？」

何も言わない九条を気にしたふうもなく、新は問いかけてくる。

いつから待っていたのか、九条の帰宅時間など知らないはずだ。九条も毎日決まった時間に帰るわけではない。

「今日はなんだ？」

九条は新の質問には答えず、険しい顔と声で問い返す。動揺していることを悟られないため、ことさらに厳しい表情を作った。

「やっぱ怒ってるよな？」

新が珍しくしおらしい態度だ。気にしているのはこの間の夜のことしかないが、今更蒸し返すつもりはないし、みっともない自分の姿など一刻も早く忘れてほしかった。だから九条は素っ気ない態度になる。

「俺が怒っていようがお前には関係ないだろう」

「悪かった」

頭を深く下げる新に九条は驚かされる。

「なんの真似だ」

「いや、いくら知らなかったっつっても、あれは勝手すぎた」

あの夜を思い出させるような言葉に、九条は体が熱くなるのを感じた。今が夜でよかった。赤くなった顔を新に気づかれることがない。

「謝るぐらいなら、二度と俺の前に顔を出さないでくれ」

「やっぱ相当怒ってんな」

「だから、俺が怒ろうが……」

九条は言葉を途切れさせる。新がじっと自分の顔を見つめているのに気づいたからだ。動揺を悟られたのかと内心びくつきながら、

「なんだ?」

険しい顔のままでその意味を問いつめる。

「あのさ、全然よくなかった?」

「何言って……」

九条は絶句するしかなかった。

「俺があんなによかったのに、お前がまったくよくなかったってことはないだろ」

「場所を考えろ」

九条は辺りを見回す。九条にとっては幸いなことに二人以外に人の姿はなかった。

「誰もいねえって」

焦る九条を新が笑う。

「人がいなくても、往来でする話じゃない」

「じゃ、部屋に入れてくれんの？」

「冗談じゃない」

九条はキッと眉を吊り上げた。

「もしかして、俺のこと、嫌い？」

思いもしない問いかけに、九条は呆気にとられ、つい表情を取り繕うことを忘れてしまった。ぽかんとした顔の九条に、新が人好きのする笑顔を見せる。

九条はずっとこんなふうに笑える男になりたかった。感情を表すのが下手で、うまく笑えずどうしてもぎこちなくなってしまう。けれどそれを誰かに指摘されたことはなかった。家族ですら何も言わない。感情よりも成績のほうが大事だったからだ。

「俺は結構、お前のこと好きなんだけどな」

新はどうしてこんなに人の心をかき乱すようなことばかり言うのか。高校時代はなんの接点もなかったというのに、今更親しげにされても困惑するばかりだ。

「そんなことは誰も訊いてない」

答えにも表情にも困り、九条は露骨に視線を逸らした。

九条を助けたのは、新が着ているスタジャンのポケットで鳴りだした携帯だった。

「ちょっと悪い」

新は九条に断り電話に出た。

「はい、日向」

新が二言三言答えてから、驚いた声を上げた。

「死んだって、今度は誰だ？」

内容と新の声の真剣さに九条も電話に釘付けになる。

「これから警察に行くんだな？　わかった、俺もすぐに向かうから」

新の口から警察という言葉を聞かされ、九条は例の事件に関係したことだと確信した。

電話を切った新に九条は詰め寄る。

「今の電話は？」

「川端隆史だよ」

予想どおりの答えが返ってくる。

「人が死んだとか言ってなかったか？」

「お前、聞いてねえの？」

今度は新のほうが驚いた顔になった。それも当然だ。管轄内で事件が起こったというのに、課長である九条にその報告が入らない。誰が聞いてもおかしな話だ。

新の説明によると死んだのは久美子の息子で、車に轢《ひ》き逃げされたのだという。

「お前から教えられるとはな」

九条は自嘲気味に笑った。慣れたとはいえ、元同級生に自分の立場がないことを知られるのは気持ちのいいものではない。

「車で来てっから、お前も乗ってくか?」

新が九条を気遣うように問いかける。

呼ばれていないのに戻ることはない。けれど、戻らないのも新に不審に思われるし、それを刑事たちに言われても困る。

九条はほんの一瞬だけ考えたが、申し出を受けることにした。

「そうさせてもらおう」

新に導かれ、近くに停めていた車まで移動する。

「お前もいろいろ大変だな」

新がしみじみとした口調で言った。同情されているような気がして、九条は顔をしかめる。

「なんのことだかわからないな」

九条は仏頂面で答える。

「まあ、それでもいいけど」

新は既に九条の態度に慣れたようだった。どんなに無表情を取り繕っても、無愛想にしてみても、新は懲りた様子をみせない。

二人で車に乗り込み、新が車を走らせ始めても九条の表情は硬いままだった。

ここから署までは車で十五分程度だ。花を咲かせる昔話はないが、確認しておきたいことはあった。

「お前、昨日も彼と一緒にいたらしいな」

九条は新を見ずに問いかけた。

「刑事が張り込んでたもんな。報告が行ったわけだ」

新はすぐに理解した。そんな簡単に尾行や張り込みが気づかれているのは問題だが、もしかしたら刑事たちもわざと疑っているのだと匂わせているのかもしれない。

「どういう関係なんだ?」

九条はストレートに尋ねた。先に聞いておけば刑事たちから報告されて知るよりも動揺しなくてすむ。

「関係ねえ、とりあえずは客だわな」

「それだけで部屋に泊めるのか?」

声が思わず詰問口調になってしまった。自分ならそれだけで部屋に泊めたりしない。何か特別な関係、感情があるからだ。

「逆に訊こう。警察はどこまで隆史のことを調べたんだ？」

「俺が話すはずがないだろう」

「そりゃそうだ」

新はあっさりと引き下がった。

「じゃ、訊き方を変えよう。隆史がゲイだってことはもう知ってんだな？」

新は言葉を飾らずに問いかけてくる。

「……ああ」

ゲイという言葉の響きにまるで自分のことを言われているようで、答えが一瞬遅れた。九条は小さく頷く。

「死んだ社長との関係も？」

「警察も馬鹿じゃない」

九条は組織に対する反感はあるものの、警察そのものの力は信じている。思わず庇《かば》うような発言をしてしまった
「隆史の言ったとおりだな、だから疑われてつけ回されてるってことか」

二人の間でもそういう話がされていたようだ。ただの客だというだけにしては、親しすぎる気がする。新はあのとき男は初めてだと言っていたが、その後すぐに隆史と関係をもったのだろうか。自分を抱くことで免疫ができたからなのか、それとも最初から隆史を狙っていて、自

分を練習台にしただけなのか。自虐的な思考に九条は胸が痛んだ。

「あのおばさんのことは調べたのか？」

新が違う方向から事件の話を続けてくる。

「当然だ」

「いけすかないおばさんだったぞ」

生前に一度会っただけだとは報告されているが、新が露骨に顔をしかめさせるほどのことを久美子はしたようだ。

「だからって殺していいってことにはならない」

「そうは言ってねえだろ。ただ隆史もかわいそうだと思ってさ。生きてるときも死んでからも迷惑をかけられてんだから」

新の言い分に九条はつい口を滑らしてしまう。

「これが逆なら話は早かったんだがな」

「逆？」

沈黙よりはいいかと九条は話を続ける。

「殺されたのが川端隆史なら、動機は明確だ。捜査方針も混乱なく決まっただろう」

事件の詳細を聞いたときから感じていたことだ。九条と同じように考えている刑事もいて、そういった話題が会議で出たこともあった。

「確かに隆史があのおばさんを殺したところでなんの得にもならねえしな。でも、実際にもう隆史が遺産を相続してんだから、その隆史を殺しても、あのおばさんのものにはならねえんじゃねえの?」

「川端隆史が生きていればどうやっても遺産は手に入らない。殺した後で自分のものになるよう小細工をすることも考えられる」

たとえば遺言書の偽装だ。久美子が生前必死になって自分に有利な遺言書を探していたというのは、隆史の証言だけでなく、第三者である家政婦の太田からも裏付けが取れている。

「けど、死んだのはおばさんで、疑われてるのは隆史か。あの性格なら他でも恨みを買ってんだろ?」

だから他に犯人がいるのではないかと新は言っている。

「死んでいた場所を考えろ」

九条は即座にその可能性を否定した。

死体が他の場所で発見されていたなら、警察も隆史ばかりを犯人扱いはしなかった。もし自殺でないなら、隆史が犯人と考えるしかないのだ。

「自殺の可能性はゼロなのか?」

「捜査上の秘密だ」

九条はそれには答えなかった。ゼロではない。だが、九条も他の刑事と同じく他殺だと確信していた。これが刑事の勘というものなのだろうか。

九条はそれきり口を閉ざした。


警察署までの道順は、九条に説明されるまでもなく知っている。渋滞にかかることもなく、新は署の駐車場に車を停めた。

「とりあえず刑事課に行こう」

九条に先導され、新は数日ぶりにまた刑事課に足を踏み入れた。

「課長」

驚いた声が課内に響く。そしてそれは、九条の後ろにいる新を見てさらに大きくなった。

「課長、その、日向さんはどうしてここに」

代表して尋ねたのは刑事の花山だ。

「彼が川端さんからの連絡を受けたとき、偶然、その場に居合わせました」

九条は淡々とした口調で簡潔に説明する。事実なのに刑事たちは完全に納得したようには見えなかった。

「課長への報告はもうすぐする予定だったんですが」

「これからはもっと早くお願いします」

九条は表情を変えない。おそらくこんなことは九条にとっては珍しいことではないのだろう。新は九条が気の毒に思えた。

「刑事さん」

新は顔を覚えた花山に呼びかける。

「隆史、連れて帰っていい？」

新の申し出に、花山は露骨に嫌そうな顔になる。

「それはちょっと……」

「川端さんは今どちらに？」

九条が室内を見回して尋ねる。

刑事課内に隆史の姿は見あたらない。それに態度の偉そうな野上という刑事もだ。また会議室でしつこい事情聴取に付き合わされているのだろうか。

さっきの九条との話でもないが、隆史が犯人でなんのメリットがあるというのか。新は警察のやり方に納得できなかった。

「野上さんが事情聴取を行ってます」

「会議室で？」

「いえ、あの」

花山が言い淀む。ということは取り調べ室にでも連れていかれているようだ。まるで犯人扱いだ。新は憮然となる。

けれど、新より先に九条がその思いを代弁してくれた。

「参考人としてお話を伺うだけなのですから、対応には充分注意していただかないと困ります」

九条は丁寧な口調ながら部下を窘めた。珍しいことなのか、花山は黙って耳を傾けている。

誰かが早速注進したのか、すぐに野上が現れた。

「ああ、課長、ご苦労さまです」

野上はおざなりに九条に頭を下げてから、新に向かって、

「川端さんを迎えに来たついでに、少しお話を伺わせもらえませんかね」

「話？」

九条が訝《いぶか》しそうに野上を見る。

どうやら刑事たちは新と隆史の共犯説を考えているらしい。それに対して、九条の意見は含まれていないようだ。

「それほど時間はかかりませんので」

言葉は丁寧ながら、野上は有無を言わせない雰囲気を漂わす。

「話すようなことは何もねえけど、来たついでに付き合いましょ」

新は九条に代わって、わざと軽い口調で答えた。ここで新が拒否すれば、九条の立場をさらに微妙にするかもしれない。

再会以来、ずっと迷惑をかけっぱなしだ。おまけに九条は、表情を取り繕ってはいるものの、どこかずっと辛そうに見える。自分にできることならなんでもしてやりたいと思ってしまうほどだった。

「じゃ、九条、次の同窓会は絶対に参加しろよ」

新の言葉に九条はほんのわずか眼鏡の奥で目を見開く。もちろん、同窓会の話など一度もしていない。新にしても開催されているのかさえ知らなかった。当時の同級生たちとはほとんど付き合いがないからだ。おそらく九条もないはずだ。ただ、九条が刑事たちから誤解されるようなことでもあれば、それは新の責任だ。

「ああ、考えておこう」

新の意図に気づいたのか、九条は新に話を合わせた。

「それじゃ、日向さん、こちらへ」

新が野上に連れていかれたのは、前のような会議室ではなく狭い部屋だった。隆史もここで取り調べをされていたのだろうか。息が詰まりそうなほどに狭い。

「これって、俺も疑われてるってこと？」

テーブルを挟んだ奥の席に座らされてから、新は野上の顔を見ながら言った。取り調べ室には新と野上の他に、花山も遅れて入ってきた。

「俺も、というのは？」

「隆史のこと、疑ってんでしょ？」

「川端さんから何か聞いてるんでしょう？　今日も電話があったとか」

野上の顔に思わせぶりな笑みが浮かんでいる。

「嫌な笑い方するなあ」

新も負けずに笑い返す。

「もうさ、はっきり言ってくんない？　俺、回りくどいの嫌いでさ」

恋愛の駆け引きならともかく、刑事たちと無駄なやりとりを繰り返すのは時間の無駄だ。何もしていないのだから、新には隠すことなど一切ない。

「だったらはっきり訊こう。今日の昼の二時半頃、どこにいた？」

それが久美子の息子が轢き逃げされた時刻ということだ。何時から何時という幅のある時間ではなくはっきりとした時刻なのは、目撃者でもあったのだろうか。

「アリバイ訊かれたの、初めてだわ。貴重な体験をありがとう」

新はことさら神妙な顔を作ってぺこりと頭を下げた。もちろん嫌みだ。

「ふざけるな」

野上が声を荒げる。威嚇のつもりか、前回とはかなり態度が変わっている。

「仕事。決まってんでしょうが」

新は動じることなく冷静に答えた。考えるまでもない。平日は毎日朝から晩まで仕事だ。依頼がないときでもすぐに動けるように店で待機している。

「店にいたのか？」

アリバイを正確にするために野上が重ねて尋ねる。

「いや、二時前くらいから出かけてた。部屋の鍵を失くしたって電話があって、出張の鍵開けに行ってた。その家に着いたのが二時ちょうどくらいだ」

「帰ってきたのは？」

「三時ちょい過ぎだったかな。隣のばあちゃんが三時のおやつにって、芋羊羹《いもようかん》を持ってきてくれたから」

新は詰まることなくスラスラと答えた。一週間前のことを訊かれているわけではない。昨日のことなら考えるまでもなく覚えていた。

「好きなように調べれば？　なんだったら出張先の住所も言っとく？」

「ああ」

花山は自分がメモを取っていた用紙を一枚裏返して新に差し出した。新はそこに花山が渡したペンで覚えていた住所と依頼主の名前を書き記した。

「俺のアリバイを訊くってことは、隆史にもアリバイがあるってわけだ」

野上は答えない。それが認めている証拠だ。

「ぶっちゃけ、俺って共犯だと思われてるわけ？」

「川端隆史とはいつからの付き合いだ？」

　野上は新の問いかけには答えず、質問で返してきた。共犯ならそれより前からの知り合いのはず。野上の考えていることはすぐにわかった。

「言わなかったっけ？　あいつのトコに鍵を開けに行った日だよ」

「その日にたぶらかされたのか」

「たぶらかされた覚えはないんだけどな」

　新は笑いを噛み殺す。確かに誘われはしたが、お互い納得ずくのことだ。しかも隆史はそれ以上のことを新に望んだりはしなかった。

「誤魔化すな。お前らがそういう関係だってのはわかってるんだ」

「そういう関係って？」

「男色関係のことを言ってるんだ」

　新は堪えきれずについに噴き出した。

「古い言い方すんね。刑事さん、いつの時代の人？」

「真面目に答えろ」

　馬鹿にされたと思ったのか、野上はますます顔を赤くして怒鳴る。新は九条に同情した。こんなのが部下では、冷静な九条とは水と油で、九条もさぞやりづらいことだろう。

「なんで取り調べ室で自分のセックスライフを告白しなきゃなんねえわけ？」

「ということは、寝たんだな？」

「ノーコメント。一人でオナニーした話ならいくらでもしてやるけど、相手のことも考えずにベラベラ喋《しゃべ》るわけないっしょ」

会社勤めをしているわけでもなく、組織に属さない新にはもしゲイであったとしても隠す必要性はないが、九条のように秘密にしている人間もいるのだから、それなりの気遣いはしなければいけないと隆史に教えられた。その隆史がどうなのか、訊くのを忘れていた。あまり隠している様子はなかったからだ。

新と野上が睨み合いをする中、ドアがいきなり開いた。

「日向」

表情を消したいつもの九条が顔を覗かせた。

「もう帰っていいぞ」

「課長」

新が何か言うより先に、野上が口を開く。

「取り調べはまだ終わっていません」

「取り調べ？　事情聴取のはずですが」

九条は冷たい視線を野上に向ける。

「事情聴取です。ですから事情聴取がまだ」

「これ以上訊くことがあるとは思えません。世間から非難されかねない捜査方針には賛成しかねます」

九条がここまで断固とした態度を取ったのは初めてだったのか、野上だけでなく、花山も九条を追いかけてきたらしい他の刑事も驚いた表情で九条を見ている。

「わかりました」

野上がしぶしぶと頷いた。あくまでも九条は上司だ。しかもゆくゆくはもっと上の立場になる人間だ。今後のことを考えればあまりにも行きすぎた態度はできないのだろう。

「もうお引き取りいただいて結構です」

野上は不承不承新にそう言った。

「あ、そう？　じゃ、帰ろうっと」

新はすぐに立ち上がり、ドアに向かいかけて振り返る。

「刑事さん」

野上に呼びかける。

「もっとさ、市民に愛される警察を目指しなよ。もし俺がクレーム好きだったら、すぐにマスコミに訴えるぜ」

野上の顔が怒りで赤くなるのを確認してから、新は取り調べ室を後にした。

「わざわざ挑発するんじゃない」

部屋の外では先に出ていた九条が呆れたように言った。

「何か言ってやんねえと気がすまなかったんだよ」

「子供と一緒だな」

そう呟く九条の言葉に刺《とげ》はない。

「彼ももう解放した。下で待ってるように言っておいたから一緒に帰るといい」

「マジで？　いいのか？」

それも九条が手を回してくれたからなのだろう。迷惑をかけてばかりなのに、九条にそこまでしてもらえるとは思ってもみなかった。

「彼にも引き留めておく理由はない」

九条は素っ気なく答える。

「サンキューな」

「俺は当然のことをしただけだ」

よく見なければ九条は相変わらずの無表情に見える。けれど眼鏡の奥の瞳が微かに揺れているのは照れているからなのだろう。

「まあ、そうでもさ、俺が助かったのは事実だし、やっぱ、サンキュー」

新はもう一度九条に礼を言って、隆史の待つ一階に向かった。

隆史は待合室のような場所で、ベンチにぽつんと一人で座っていた。新に気づくとホッとしたような笑顔を見せる。

「ごめん、俺が電話なんかしたから」

「気にすんなって。俺が勝手に来たんだ」

そういえば、隆史は電話をしてきたものの、助けてほしいとも一緒に来てほしいとも言わなかった。聞いた瞬間、行かなければならないと新が勝手に思い込んだだけだ。

話をするのは警察を出てからにして、まずは車に乗り込んだ。隆史を自宅まで送ってやるつもりだった。

「そういや、なんで俺に電話したんだ？」

走りだした車内で二人きりになってから新は尋ねた。

「警察に連れていかれたってこと、誰かに知っていてほしかったんだ。ずっと勾留とかされて、無理やり自白とかさせられたりしても、誰にも気づかれずに終わっちゃいそうだったから」

「家族、いないんだっけか？」

「とっくにね」

隆史には頼る相手がいないのだ。たった三度会っただけ、一度寝ただけの新にしか頼れない隆史が寂しそうに見えた。

「俺と一緒だな」

「だからなのかな、俺が新さんに興味もったの」

隆史は自分でも今気づいたとでもいうようだった。

「違うな」

新は真面目な顔で首を横に振る。

「俺がいい男だからに決まってんだろ」

隆史が噴き出した。ようやく本当の笑顔になる。さっきまでは警察にいたために緊張があったのか、どこか表情が硬かった。

「あ、仲直りできた？」

隆史が思い出したように尋ねてくる。

「昨日の今日じゃねえか」

「まだできてないんだ？」

新は言葉に詰まり、拗《す》ねたように唇を尖らせる。詫《わ》びは入れに行ったが、途中で隆史からの電話があったのだとは言えなかった。九条のことが隆史に知られてしまうかもしれないからだ。

九条は依然として顔を強張らせたままで、よほど新のしたことを許せないでいるようだ。脅しているのではないし、からかったつもりもない。自分が気軽にセックスをしてしまう人間だから、つい相手にも同じことを求めてしまう。感情はいらなくて体だけ。九条はそういうタイプではないのに、そこまで気が回らなかった。元同級生の意外な秘密に自分でも気づかないくらいに興奮して余裕がなくなっていたようだ。

「そんなことより、結局お前が呼ばれたのは何が原因だったんだ？」

警察に着くなり取り調べ室に連れ込まれ、ろくに事情も聞かされないうちに、新のアリバイやら隆史との関係やらを訊かれた。

「死んだのが久美子さんの息子だったからでしょ」

「たったそれだけかよ」

「文也《ふみや》さん、頻繁にうちに電話してきてたしね。警察と一緒で俺が久美子さんを殺したんだろうって」

文也というのが息子の名前のようだ。

通話履歴でそれがわかり、二人の間に何か揉め事があったのではと警察が疑ったということらしい。

「アリバイがあったんだろ？」

だからこそ警察は新が共犯だと疑い、新にアリバイがないかどうか調べた。

「あるにはあるけど、微妙かな」

隆史は小さく首を傾《かし》げた。

「どういう意味だ？」

「近所の人に出かけるところを見られてるんだけど、その時間にあの辺りにいたんなら、轢き逃げ現場には到底辿り着けないんだって」

「だったら問題ないんじゃねえか」

利害関係のない第三者の証言。新にはこれ以上ない確かなアリバイに思えた。

「人に頼むことも考えられるしね。俺、免許持ってないし」

「だから、俺か」

新も納得した。免許のない隆史に代わり、新が文也を轢いた犯人だと思われている。

隆史の自宅は署から車で五分の距離だ。すぐに到着する。

「寄ってく？」

先に車を降りた隆史が笑みを浮かべて新を誘う。今までの新なら間違いなくこの誘いに乗っていた。

「ますます警察を煽ってどうすんだよ」

新は冗談っぽく断る。尾行されているのは気づいていたが、理由はそれではない。九条の辛そうな顔が浮かんだからだ。

「そうだね。今日はおとなしくしてるよ」

隆史もそれほど積極的に新を引き留めるつもりはなかったらしい。疲れてもいるのだろう。

「ゆっくり休めよ」

「そうする。今日はありがとう」

新は屋敷に入る隆史を見送り、それから自宅に向かって車を走らせた。尾行車両は新の後ろにはついてこなかった。

4

結局、九条が署を出たのは日付けが変わったばかりの時間だった。新たちを送り出したのが十時頃で、それから捜査会議を開いた。本来なら翌朝にするのだが、全員集まっていたこともあり、急遽《きゅうきょ》開くことになった。とはいっても、事件が起きたばかりでまだ詳細はわかっていない。簡単な捜査方針を決めるにとどまった。

やはり焦点は隆史だった。

現場にはブレーキ痕《こん》がなかった。初めから轢くことを目的にしていたということだ。人目につかない場所だったが、死亡推定時刻がはっきりしているのは、被害者の腕時計がその時刻で壊れていたからだ。

なぜ、被害者はそんな場所にいたのか。駅からも遠く、バス停も近くにはない不便なところだった。どうして被害者が自分の車で行かなかったのかが問題になったが、誰かが連れていったのではないかという結論に落ち着いた。それが隆史ではないかというのが野上の意見だ。文也の携帯には川端家への発信履歴が山ほど残っていた。逆にそれ以外の履歴は、この数日ほとんどなかったからだ。

久美子は八年前に離婚し、それ以来、川端和夫に頼ることで生計を立てていた。一方、息子の文也も母親の久美子同様、叔父に頼りきりだった。大学卒業後、一度は叔父の会社に入ったが一年もたずに退職、ほとんどクビ同然だったらしい。それから三年間一度も働きに出ることなく現在に至る。志藤親子にとっては、社長の死は生活の糧を失くす大問題だった。

久美子がいなくなり、文也がなんとか隆史に接触を図ろうとしていたのは誰しも納得できることだった。問題は隆史の側の理由だ。いくら電話がかかってきても会わなければならない理由はない。無視をすればいいだけだ。捜査本部もそこに頭を悩ませた。

その問題はひとまず置いておき、アリバイの確認をすること、新の他に共犯者になりそうな人間がいないか、明日からそれらについても調べることにした。

捜査会議では新の名前が出るたびに九条を気遣って微妙な空気になるが、九条はそれを無表情で受け流した。そうするしかなかった。

そうしてほとんど発言もせず会議を終えてから、九条は一人で署を後にした。

終電はとっくになくなっている時間だ。警察の敷地を出てから、九条はタクシーをつかまえる前に携帯で電話をかけた。

『もしもし？』

時間が時間なせいか、聞き慣れない警戒したような声が聞こえてくる。

「九条だが」

『九条？』

驚いたように途端に声音を変えたのは新だ。

「こんな夜遅くにすまない」

『まだまだ寝る時間じゃねえよ。気にすんな』

新は電話番号を九条が知っていることには驚かないようだ。最初に新が警察で書いたことを覚えているのだろう。

「今からそっちに行ってもかまわないか？」

断られるのを覚悟で問いかける。

『俺はいいけど』

「誰かいるのか？」

実は九条はそれが気になって電話を先にした。事前に連絡をすれば断られるかもしれない。だからいきなり押しかけようかと思ったが、もしそこに隆史がいたらと思うとできなかった。

『じゃなくて、お前、仕事は？』

「もう終わった。今、署を出たところだ」

『だったら、タクシーで十分くらいか。待ってる』

新は用件も訊かずに受け入れてくれた。

九条は電話を切り、大通りに向かって歩きだした。少しでも早く乗り込めるようにだ。

近くを流していたタクシーがすぐに九条の前につき、深夜の空いた道を新の家を目指して走り抜ける。

新の家を訪ねたことはないし、どこにあるのかも再会するまで知らなかった。ずいぶんと古めかしい看板が目印となっており、すぐにわかった。訪ねていくと言っていたからだろう、店の電気がまだついている。

九条はその引き戸を開けた。

「いらっしゃい」

新が笑顔で出迎えてくれた。

風呂上がりらしくさっぱりとして髪がまだ少し濡れている。

「悪かったな、こんな時間に」

「いや、いつも今ぐらいにならねえと明日の準備をしないんだ」

新はそう言って手元の鞄を持ち上げた。

「準備って?」

「ああ、最近何かと物騒だから、鍵の取り替えの依頼が結構多いんだよ」

警察官として九条もその話には耳が痛むが、どんなに鍵を精巧にしてもいたちごっこで万全とはならない。

九条は話を変えた。

「こんな近くに住んでたんだな」

「お前んちからは遠いだろ」

新は二度、九条のマンションを訪ねているから場所は知っている。確かに新の言うとおり、マンションからならここまで車で三十分近くかかる。

「いや、俺の実家だ。ここからなら歩いても十五分はかからない」

「へえ、知らなかったな」

二人が通っていた西城学園は公立校で、学区が決められているためにそれほど離れているはずはないとは思っていたが、こんなに近くだったとは九条も今日まで知らなかった。

「いつまでも立ち話もなんだし、まあ、上がれよ。時間、いいんだろ？」

店の奥の一段高くなったところに自宅へ繋がる、今は開け放たれたガラス障子がある。新は先に上がり九条を誘った。

九条は素直に部屋の中に上がらせてもらった。入ってすぐが六畳の和室で正方形のコタツの置かれた居間だった。

「あっと、コタツじゃスーツが皺になるか」

新の家は昔ながらの日本家屋で、九条のマンションのようなソファーの似合う洋室はないらしい。

「皺を気にするようなスーツでもないから大丈夫だ」

九条はそう言って、あらかじめ新が温めていたコタツに足を入れた。コタツに入ること自体がずいぶんと久しぶりだった。温かさが冷えた体に染み渡る。

「何か飲むか？」

突然の来客をもてなそうと、新が問いかけてくる。

「いいから、座ってくれ」

新はまだ立ったままだった。九条に言われ、新は九条の向かいに足を入れる。

「さっきのことだが」

九条はようやく本題を切り出すことができた。新と一緒に署に顔を出したときから気になっていたことだ。

「どうして言わなかったんだ？」

「何を？」

新はきょとんとした顔で、まったく何を言われているかわからないようだった。

「俺が……」

九条は言いだしておきながら、言葉に詰まる。

「お前が何？」

九条の内心の事情など知らない新が、さらに言葉を求めてくる。

「俺がゲイだってことをどうして言わなかった？」

「あの話の流れで、お前のことを言う必要があったっけ？」

新は首を傾げ、そのときのことを思い返しているような仕草を見せる。

「うちの刑事たちがかなり失礼な言い方をしていたから」

「別に気にしてねえよ。って、なんでお前が知ってんだ?」

「あの取り調べ室の様子は、隣の部屋で見ることも聞くこともできるんだ」

九条はずっと新の事情聴取を隣で見ていた。

「へえ、最近の警察はよくできてんだな」

新は感心したような口調で言った。

「最近の警察?」

九条は新の言葉を聞き咎めた。

「ガキんときに二、三回行ったことあんだよ」

「何やってたんだ」

九条は呆れてつい笑ってしまった。おそらく再会してから初めて見せた笑顔だ。新はそれが嬉しかったのか、じっと九条の顔を見ている。

「俺のことより、お前のほうこそさっきの大丈夫なのか?」

「さっきの?」

今度は九条が問い返す番だ。

「野上とかいうおっさんにキツイ言い方してたからさ」

「ああ」

九条は自嘲気味に笑う。

「これでも一応は上司だからな」

立場だけの階級とはいえ、九条が野上を指揮するのは当然のことだ。それに野上にしても、やりすぎてはまずいことはわかっているはずだ。なぜなら九条はいずれもっと上の立場になり、ヒラの野上を刑事でいられなくすることも可能だからだ。

「お前さ、今の仕事、向いてねえんじゃねえの？」

「言われなくてもわかってる。もうしばらく我慢すれば、俺は現場を離れられるんだ」

祖父に言われるまま警察庁に入るのではなかった。入庁以来、何度もそう思った。祖父はかなりの高官だったから、その当時の部下が今もいて、何かと声をかけてきてくれるのも面倒事の一つだった。家族からだけでなく、職場でも過度に期待される重圧があった。

「何かよくわかんねえけど、お前もいろいろ大変そうだな」

新は手を伸ばして、九条の頭をポンポンと軽く叩いた。

何げなくしただけの新のスキンシップに、九条は驚いて過剰な反応を示してしまった。背をのけぞらし、その手を避けようとしたのだ。

「悪かった」

新も驚いたようで素直に頭を下げた。きっと新は前回のことを九条が気にしているからだと思っているに違いない。それがまったくないとは言わないが、本当はただスキンシップに慣れていないいだけだった。

「ああ、いや」

どちらとも取れる曖昧《あいまい》な返事しかできない九条に、新は気まずい空気を打ち消そうと思ったのか、すぐに話を続けた。

「その話をするためにわざわざ?」

「署では誰が聞いているかわからないからな」

新に電話をしたのも署の外だった。元同級生ということで妙な気遣いをされているのがわかるから、電話すら人のいる場所ではできなかった。

「電話でもよかったんじゃないのか?」

「もしかしたら、彼がいるかもしれないだろう。俺が訪ねても大丈夫ならお前は一人でいるってことだし、彼がいる場所でそんな話をするのは……」

訪ねたいと言えば、もし誰かが来ていれば断られるはずだと思った。隆史なら電話の応対だけでも相手が九条だと気づかれるかもしれない。九条はそれほどまでに人の目を気にしていた。

「彼って、隆史か」

問われるまで名前を出していなかったことに九条は気づかなかった。

「今日は送ってってただけ」

今日はという言い方が引っかかる。

「本当のところはどうなんだ？」

「俺と隆史の関係か？」

九条は頷く。さっきの事情聴取では答えていなかった。元同級生だからといって答えてくれるかどうかわからないが、知りたいと思う欲求を抑えられなかった。ただの個人的な感情だ。

「とりあえずは一回寝ただけかな」

思いがけないほどあっさりと新は認めた。予想していたこととはいえ、その事実に胸が痛む。隆史のほうが若いし抱き心地も遥かによさそうだ。比較するまでもなく何一つ自分には勝ったところがない。

「そのおかげでお前にひどいことしたんだって気づけたんだ」

「おかげって……」

「お前のことを考えずに自分だけガツガツやりすぎた。それを謝りたかったんだよ」

九条はやっと新が何を言おうとしているのかがわかり、サッと顔を赤らめた。新のやり方は確かに強引で乱暴だったけれど、それに翻弄《ほんろう》された自分の姿のほうが記憶に鮮明で、それをすべて新に見られていたと思うだけで恥ずかしさが込み上げる。

「なんか、浮気の言い訳してるみてえ」

苦笑する新に九条は顔を真っ赤にした。そんな言い方をされると、自分との関係のほうが大事なんだと言われているような誤解をしてしまいそうだ。

「そ、そんなことより」

恥ずかしさを隠そうと、九条は話を戻した。

「お前は本当に事件と関わっていないのか？」

「当たり前だっての。元同級生を信用しろよ」

「そうだな。お前は小さい罪なら犯してそうだが、殺人なんてするようには見えない」

「微妙に引っかかる言い方だけど、まあいいか」

新はニッと笑う。

十年ぶりに再会したときは、本当にただの元同級生でしかなかった。ほとんど会話すらしたことのない関係。九条にはそんな人間ばかりだが、新は友人が多かった。いつも人に囲まれている印象がある。九条にとってはまぶしいばかりの存在だった新と少しだけでも親しくなれたことに、九条は嬉しく思う気持ちを自分に誤魔化せなかった。

「まだ警察は隆史のこと疑ってんの？」

新も事件のことは気になっているようだ。今度は新のほうから事件について尋ねてくる。

「あくまでも容疑者の一人にすぎない」

「けど、隆史にアリバイあったんだろ？」

「ああ、スーパーに行くところを近所の人が見ている。スーパーでの証言は取れなかったが、自宅から轢き逃げのあった場所まで、どんなに車を飛ばしても一時間はかかる。犯行時刻にそこにいることは不可能だ」

これは新も知っていることだからと九条は隠さなかった。

隆史には二度ともアリバイがある。最初のときのものはアリバイとは言いがたいものだが、二度目のアリバイは動かしがたいものだった。目撃証言の信憑性《しんぴょうせい》がかなり高いからだ。

九条の説明を聞いていた新が真面目な顔になり、考える仕草を見せる。

「川端隆史のアリバイに何か不審な点でもあるのか？」

「そうじゃなくて、この事件をお前が解決したら、他の刑事たちもお前のことを見直したりすんのかなってさ」

新は九条が予想もできないことを言いだした。隆史のためではなく、九条のために何かしたいと言ってくれている。

「馬鹿なことを考えるんじゃない。素人が余計な首を突っ込むな」

どんな顔をしていいのかわからず、九条は素っ気ない態度を取るしかなかった。

九条は人に気を使われることに慣れていなかった。腫れ物に触るかのような扱いには慣れているが、九条のためを思って何かをされたことはなかった。一人でなんでもできると思われていたからだ。

「突っ込むなって言っても、もうどっぷり入り込んでんだよな。それに、俺のほうが事件の中心に近いトコにいるだろ？」

「なんでお前がそこまでしなきゃいけないんだ」

「罪滅ぼしと名誉挽回」

ますます新の言っていることがわからない。罪滅ぼしはおそらくこの間の夜のことなのだろうが、名誉挽回がわからない。九条は目を細め訝るように新を見つめる。

「この前、無茶な抱き方した罪滅ぼしと、俺が下手だと思われてそうだからその名誉挽回」

「こんなことが……名誉挽回になるわけないだろう」

冷静を装うつもりだったのに、唾が喉に絡んで言葉がうまく紡げなかった。

「やり直し、させてくれんの？」

新が九条の瞳をまっすぐに見つめて、思わせぶりな言葉を口にする。

九条は顔を真っ赤に染めて絶句した。いくら経験に乏しくてもこの意味くらいはわかる。

なんと答えていいかわからず黙ったままの九条に対して、新がこたつの上に身を乗り出してくる。

新の顔が近づいてきた。本当に九条には意味がわからなかった。だから避けようがなかった。

あっという間に距離を縮められ、唇が重ねられる。

新との初めてのキスだ。予想もしていなかったのとまだ信じられない思いで、九条は目を閉

じることすら忘れていた。

この間は性急に体を繋げただけで、前戯も愛撫もろくになかった。それを取り返すかのように、新は激しく九条の唇を求めてくる。

長い長いキスだった。唇が腫れるのではないかと思うほどにきつく吸われ、唾液が口の端から溢れるくらいに口中を貪《むさぼ》られた。

こんなに激しいキスは生まれて初めての経験だ。九条の全身を熱が駆け巡っていく。

ようやく解放されたときには、九条は呼吸を求め肩が揺れるほどになっていた。

新の顔はまだ至近距離にある。まっすぐに九条の顔を見つめ、新が口を動かした。

「やべ、勃った」

新の声にからかうような響きはなかったが、九条は羞恥《しゅうち》で俯いた。キスをされただけだというのに、九条の中心はすっかり形を変えている。それを指摘されたのかと思ったのだ。よくよく考えてみれば九条はこたつに足を入れているから下半身は布団で隠れているというのに、そんなことは忘れていた。

新はすっくと立ち上がった。何事かと上目遣いで様子を窺うとそのまま九条の隣に回り込んできた。そして、腰を下ろしてから、おもむろに自らのスエットをずらした。

九条は視界に映ったものに思わず息を呑む。

大きく形を変えた新の中心がそこにあった。

「お前、何やって……」

「勃ったもんは出しときたいだろ」

新は悪びれずに答える。

「だったらトイレにでも行ってこい」

「なんで？　お前とキスしたから勃ったのに」

まるで九条の責任だと言わんばかりの言い草だ。

「お前が勝手に……」

新はフッと口元を緩める。

「ま、確かに俺が勝手にこうなったわけだし、手を貸せとは言わねえから、ただ見ててくれればいいや」

新が形を変えた中心に指を絡ませる。

見るだけでいいと言われても本来なら他人の自慰行為になど興味はないし、見たくもない。それなのに目が離せなかった。

この間は自分のことだけに精一杯で、新の顔など見る余裕がなかった。しかも眼鏡も外していた。今は眼鏡も掛けているし、あのときよりは余裕がある。新の顔にはいつものふざけたような笑顔は消え、漂う男の色香があった。

動悸《どうき》が速くなるのを抑える方法を知らない。体温が勝手に急上昇しても下げる手段は浮かばない。ただ見ているだけなのに、九条は自分の体の変化を止めることができなかった。

新の器用な指が自分自身を追いつめていく。擦り上げる手の動きは巧みで、新はいつもこんなふうにしているのだと教えられ九条は興奮した。

新が聞き取れないほど微かな熱い息を吐き、九条の見ている前で自身を解き放った。

何もしていない九条のほうが羞恥でいたたまれなくなる。

「九条」

俯いた九条に新が呼びかける。

「お前のもやろっか？」

「なっ、何言って……」

言葉は新の熱い瞳に呑み込まれた。

新によってこたつが部屋の隅に追いやられ、隠すものがなくなる。スラックスの上からでも九条の昂《たか》ぶりは見て取れた。

「このままでいいのかよ」

「いい。いいから、放っておいてくれ」

「俺って、そんな薄情な男に見える？」

新の手がスッと伸び、ベルトに掛かる。

「やめっ……」

制止を求めた声は、二度目の口づけに塞がれた。

新のキスに翻弄されている間にベルトが外され、ボタンもファスナーも自身を守るものはあっけなく取り払われる。

「ふぅ……ん……」

忍び込んできた手が触れた瞬間、待ちかねたように甘い息が漏れる。

下着の中で完全に成長した自身が、明るい照明の下に引き出される。

「こんなになってんのに、そのままにしておくつもりだったのか？」

浅ましい現状を指摘され、九条は恥ずかしくて答えることも顔を上げることもできない。

「俺がやってんの見て、興奮した？」

新はさらに言葉で九条を嬲《なぶ》る。

「もう、許してくれ」

「イキたいってことか？」

絡んだ手が上下に擦りだす。

「違う……んっ……」

声が震え、甘く掠れる語尾はまるでその先をねだっているかのように聞こえてしまう。

新の手は確実に九条を高め、見る見る先走りが溢れだし、その手を濡らしていく。手の動きは滑らかになり、ますます九条は追いつめられる。

「見るな」

いきり立つ中心も、いやらしく快感を求める表情も見られたくなくて、九条は瞳を伏せて怒鳴った。

「だったら」

新は手を離し立ち上がった。中途半端な状態にされたことを憤るよりも、新の手が離れたことにホッとする。

けれどその安堵《あんど》はすぐに破られた。新が九条の背後に回り、背中から抱くようにして座った。

「これなら見えねえからいいだろ」

新は九条の願いを聞き入れ、顔は見ないで九条をイカせようとしていた。背後から前に回された手が、再び屹立に絡みつく。

「あ……はぁ……」

新の手の動きに合わせ、堪えきれない熱い息がひっきりなしに九条の口から漏れ始める。経験の少なさが、声を殺すことすらさせてくれなかった。

「もうイキたいか?」

耳元で囁かれ、九条は頷くことで答える。

以前のように焦らされることはなかった。先端に爪を立てられ、九条は新の手の中を濡らし達した。

呆然とする九条から、新がかいがいしく汚れを拭き取ってくれる。ふと見るとそれは新が着ていたトレーナーだった。真冬だというのにランニングシャツ一枚になった新は、少しも寒そうな様子は見せずに、九条の身繕いを手伝ってくれている。

新が薄着になったこと以外、こたつまで元どおりに直してから、

「遅くなったし、泊まってくか？」

親しい友人でも誘うかのように、新の声には頓着《とんちゃく》がなかった。

九条は妙に納得した。きっと隆史もこうやって誘ったのだろう。深い気持ちなどなくても誘える男なのだ。少し安堵するのと同時に残念にも思ってしまう。

「いや、朝が早いから……」

九条は視線を逸らして答える。

「だったら、送ってくよ。電車もとっくになくなってるしな」

「俺が勝手に来たんだ。タクシーで帰るから気にしないでくれ」

九条は申し出を断った。こんなことをした直後で、一緒に車に乗れるほど図太い神経をしていない。どんな顔をして同じ車に乗っていいかわからなかった。

九条は新の返事を待たずに、急いで携帯を取り出し、タクシー会社の番号を呼び出した。利用する機会が多いから登録している。

新の住所を伝えると五分くらいで行けるとのことだった。どうしていいかわからない時間も

あと五分で終わる。

「九条、ちょっと携帯を貸してくんねえ?」

「え、ああ」

断る理由もなく、手にしたままの携帯電話を新に差し出す。

新は九条の見ている前でどこにかけるつもりなのか、十一桁の番号を押した。すぐに部屋の中で着信音が鳴り響く。

「サンキュー、返すよ」

新が通話をオフにすると着信音も鳴りやんだ。

「今の……?」

九条は携帯電話を受け取り、部屋の中を見回した。

「俺の携帯が鳴っただけ」

そう言って新はクッと喉を鳴らして笑う。

「お前さ、少しは気をつけたほうがいいぞ。こんな簡単な手に引っかかって」

「どういう意味だ?」

「携帯を借りたのはお前の番号を知るために決まってんだろ。こんなの、番号手に入れるための常套手段じゃねえか」

知らないのかと呆れたように言われる。

「どうして俺の番号なんか……」

「警察署にかけるわけにはいかねえだろ」

「そうじゃなくて、俺の番号を知る必要なんてないだろう」

「あるだろ。お前に会うのに毎回毎回待ち伏せしろってか？」

新は当然のようにまた会うつもりなのだと口にする。

「お、タクシーが来たみたいだな」

店のガラス戸に車のヘッドライトが映り、それが停まった。立ち上がったのは新が先だった。見送りに出るつもりらしい。

「ここでいい」

九条は新から顔を背けたまま、座敷から店に下りた。

「九条、絶対に電話するからな」

念押しとばかりに新が九条の背中に声をかけた。九条はそれにもまた答えることができなかった。

店を出てタクシーに乗り込むまで、九条は顔を伏せたままだった。店の外にまで見送りには来ていないのに、顔を上げられなかった。

行き先を告げるとタクシーがすぐに深夜の街を走りだす。

自分の態度はおかしくなかったか、新に対して自分の感情を見せてしまっていないか、それが気になって表情を見せるのが怖かった。

羨ましく憧れにも似た思いを抱いていた十年前と違い、はっきりと新への想いに気づいてしまった。これ以上近づけばもっと欲深くなってしまう。けれど、新はもともとノーマルな男だ。九条に手を出したのはちょっとした気まぐれでしかない。そんな男に本気になってしまえば、辛いのは自分だ。

新はあの頃と変わったようでいて本質は変わっていない。無神経でがさつ、それなのに人を惹きつける魅力がある。その魅力で九条を虜《とりこ》にする。今だってそうだ。

期待なんかさせないでほしい。気まぐれで人の気持ちをかき乱したりしてほしくない。

九条は事件の早期解決を願った。警察官としてではなく、そうすればもう会わなくてもすむという情けない一人の男としての願いだった。


タクシーの走り去る音が家の中にも聞こえてきた。さっきまで濃密な空気を醸し出していただけに、室内の温度が急に下がったような気がする。

九条が帰り一人残された部屋の中で、新は自分の掌を見つめた。

一度きりのはずだった。好奇心から手を出しただけで、関係を続けさせるつもりなどなかった。それなのに気づけば九条に口づけていた。

新は戸惑いを感じながら、さっきまで手の中にあった九条の感触を思い出す。

再会するまで九条のことなど綺麗さっぱり忘れていた。ゲイだと知るまでは抱いてみたいなどと思ってもいなかった。それはすべて何も知らなかったからだ。

無表情を装う仮面の下に細かな感情が見え隠れする。仮面を剝《は》ぎ取ってすべてを見てやりたいと思うのは本能。それだけだと思っていた。

なのに表情だけでなく、もっと違う九条を見てみたいと思ってしまった。

今まで九条のようなタイプに手を出したことはなかった。付き合いは浅く広くが新のモットーだ。軽い付き合いは得意とするところだが、深く付き合うのは苦手だった。

これまでそのときどきで彼女がいたこともある。遊びで何人もと同時に関係をもったりもした。けれど誰とも本気で付き合ったことがない。相手の感情を重く感じてしまうのだ。

隆史には家族がいないと言ったが、本当は違う。新の両親はどこかでは生きているはずだ。

新の母親は新がまだほんの子供だったときに、他の男と駆け落ちした。残された父親は小さな子供と一緒では仕事に支障を来すと、鍵師である祖父のところに新を預けた。そして、それっきり姿を見せなくなった。海外に赴任したらしいと聞いたことはあるが、連絡はなかった。それ以来、両親の行方は知らない。

祖父はそんな息子に育ててしまったのは父親である自分の責任だと、新を男手一つで懸命に育ててくれた。昔気質《むかしかたぎ》な祖父と人情味溢れる近所の住人に囲まれた生活はそれなりに楽しく、不自由もなかった。ただ恋愛に関して淡泊になってしまったのは、やはり両親の影響が大きいのだと自分でもわかっている。

九条はきっと新とは正反対の生き方をしてきたはずだ。遊びで誰かと付き合うこともできないだろう。九条にこれ以上近づきたいと思うなら、そんな九条に合わせることができるのかどうか、それなりの覚悟が必要だ。

新は久しぶりに真剣に自分の生き方について考えてみたが、すぐに挫折した。考えるより行動するほうが、新には向いている。

実はさっき九条と話していて思ったことなのだが、微かに隆史に対する疑問が湧き起こっていた。アリバイについてだ。

これから先九条にどう接していくかはさておき、どうなってもいいように、まずは自分の株を上げておきたい。事件解決に協力すれば、少しはマイナスだった自分のイメージも変わるのではないかと、新はそんな打算で事件を自分なりに調べてみる決意をした。

5

翌日、新は午前中の仕事を片づけ、昼過ぎに隆史の家を訪ねた。

「いらっしゃい」

インターホンを押すと、出てきたのは隆史だった。

「今日はお手伝いさん、いねえの?」

隆史に案内された応接室のソファーに座ってから、新は尋ねた。

「辞めてもらったんだ」

隆史も新の向かいに座り、心なしか少し寂しそうに答える。

「こんなでかい家に一人で大丈夫なのか?」

「もともと通いだったしね、それに俺一人ならお手伝いさんなんて必要ないんだよ」

「掃除とか大変だろ?」

新は室内を見回す。この部屋だけでも十五畳くらいは軽くありそうだ。大きな窓ガラスは一枚拭くだけでも相当時間がかかりそうに思える。

「だからもう引っ越す」

「引っ越すんの?」

「一人には広すぎるよ」

隆史はもう引っ越し先も決まっているのだと付け加えた。ここより広いところに住むはずもなく、大部分の荷物は業者にでも引き取ってもらうことになるのだろう。

「それで、今日はどうしたの？」

いきなり押しかけたのに隆史は迷惑そうな顔一つせず招き入れてくれたから、新はうっかり本題を忘れそうになっていた。

「あ、そうそう。お前さ、轢き逃げがあったときのアリバイって、おかしくねえ？」

新は言葉を飾ることなく、感じていた疑問を口にする。

隆史は一瞬唖然として、それから笑いだした。

「ストレートすぎるよ、その訊き方」

「他にどうやって訊くんだよ」

「いろいろあるでしょ。さりげない会話の中から探っていくとかさ。もっとも新さんらしくて俺は好きだけど」

隆史の表情には後ろ暗さのようなものはまったく感じられない。少なくとも殺人を犯した人間の顔には見えなかった。

「それで、どこがおかしい？」

「昼間は出歩かないとか言ってなかったか？」

出会ったばかりの頃にそんな話をした。世間話の中での会話だったが、明るく社交的な隆史に似合わないような気がしたからよく覚えている。昨日、九条から隆史のアリバイを聞かされたとき、そこが引っかかった。

「覚えてくれてたんだ」

「なんでその日に限って出ていった？」

滅多に出歩かないのに、アリバイの必要なときに限って外出し目撃されている。しかも人目に触れやすいような時間にだ。新にはそれが出来すぎているような気がしたのだ。

「今、お手伝いさんいないから、何かなくなっても補充しといてもらえないんだよね。で、そのときはシャワー浴びようとしたらシャンプーが切れてて」

刑事たちに訊かれ何度も答えているせいなのか、隆史は淀みなく説明する。

「それを買いに行ったってわけか」

隆史の言うことに不自然さはない。引っ越すから家政婦に辞めてもらい、その分自ら動かざるを得なくなる。当然の流れだ。

「そう。それにもうすぐ引っ越すから、今更人目気にすることないかなって」

「お前が出歩かないようにしてたのって、もしかして、近所の目を気にしてのことだったのか？」

「いきなりこんな大きな子供を養子にしましたって言われれば、いろいろと勘繰られることもあるからね」

　興味本位の近所の噂。これだけの屋敷だ。妬《ねた》みから悪意ある噂を立てられていてもおかしくはない。

「なるほどね。聞けば納得できるわ」

「そ？　よかった」

　隆史はにっこりと笑う。

「おばさんの息子ってのはどんな奴？　会ったことある？」

「そりゃあるよ。いい感じに嫌な人だったね」

「なんだ、そら」

「久美子さんに似てるって言えばわかる？」

　新は一度だけ会ったことのある久美子の顔を思い浮かべる。ヒステリーを起こしたように隆史に詰め寄っていた姿は、新に悪印象しか与えなかった。

「よーっくわかった」

　深く頷く新に隆史が微笑む。

「じゃ、俺、帰るわ」

「もう？」

　拍子抜けしたように隆史が言った。

「何か意味あるの？」


「仕事中にわざわざ俺のところにそんなこと聞きに来たのって、何か意味あるの？」

今度は新が質問される側になる。

「意味？」

「だってさ、新さんが事件のこと調べたってなんの得にもならないでしょ？　昨日、会ったときはそんなに興味あるように見えなかったけど」

「それはまあ、いろいろ」

九条のことを言うわけにはいかず、新は曖昧に言葉を濁す。

「いいんだけどね。まだもう少しここにいるから、何かあったらいつでも来てよ。新さんなら歓迎する」

「お前も一人が寂しくなったらいつでも遊びに来いよ」

「ありがと」

隆史の見送りを玄関で断って、新は屋敷の外に出た。

車は前のときと同じ玄関脇に停めてあった。運転席のドアのロックを外し、乗り込もうとして新は振り返った。背を反らしてもそのすべてが見えないほどの大きな屋敷だ。玄関の右側には応接室がありその奥は食堂にキッチン、間取りは頭に入っている。そして、玄関からまっすぐ続く廊下の奥に、久美子の死んでいた社長の部屋があった。

る。塀沿いに走れば社長の部屋の近くに行ける。
新の脳裏を何かが掠める。新は車に乗り、すぐにエンジンをかけた。門を抜け出て左に曲がる。塀沿いに走れば社長の部屋の近くに行ける。

「この辺か」

新は車を停めると、エンジンを切って車外に出た。高い塀が邪魔をして屋敷の二階の窓しか見えない。

新はボンネットの上に乗り、そこからさらに車の屋根に乗った。塀の内側が生い茂った木の間から見えた。社長の部屋の窓の外が見たかった。部屋の中は二度の訪問で知っている。窓の高さは内側からだと腰の位置だったが、外からだともう少し高いように見えた。それでも人が覗いて中が見えない高さではない。それだけを確認すると、新は車から飛び降りた。

あの日、部屋のカーテンは閉まっていなかった。たとえ部屋に鍵が掛かっていても、新を呼ぶ前に窓の外から中を確認することはできた。そうすれば、倒れている久美子を発見することができ、窓ガラスを割って中に入ることも、その場ですぐに救急車を呼ぶこともできたはずだ。隆史はなぜ、そうせずに新を呼んだのか。

新の中に隆史への疑惑が生まれた。アリバイのあることへの不自然さは疑惑というほどのものではなかった。だが、二つ重なればそれは色濃い疑惑となる。

「何をなさってるの？」

不意に背後から声をかけられ、新は振り返る。

「ここのお宅に何か御用？」

さすがに高級住宅街の真ん中だけあって、声をかけてきた女性も品があった。六十歳を過ぎているだろうか、白髪の交じった女性が洋服を着たチワワを連れて立っていた。

「この家が売りに出されるって聞いたんで、その下見です」

新は口から出任せを人好きのする笑顔を添えて言った。

「あらそう、やっぱりお売りになるの」

女性はまったく新を疑った様子はない。

「かわいいワンちゃんですね」

新はしゃがみ込んでチワワの頭を撫でる。

「名前、何ていうんですか?」

「チョコっていうんですよ」

「チョコ?」

新はチワワの顔を見ながら、

「こんなかわいくて名前までそんなおいしそうで、食べちゃいたいですね」

大きく口を開け、鼻先を呑み込む真似をしてみた。

「犬、お好きなの?」

犬好きに悪い人はいないと信じているのか、女性はにこやかな笑みを浮かべて新に問いかけ

る。

「大好きです。一人暮らしなんで飼えないんですよ。やっぱ毎日散歩に行かなきゃ駄目じゃないっすか」

「そうねえ。私はもう日課になってますけど」

日課と聞いて、新は顔を上げた。

「いつもこのくらいの時間に？」

「ちょうど家事の手が空く時間でしょう？」

新は腕時計に目をやった。二時半だった。

「お宅はこの辺りなんですか？」

「ええ、そう。その先なの」

指まで差さなかったが、女性は自宅のある方角を振り返った。

「じゃ、この家の方と面識は？」

「亡くなられたご主人とは顔を合わせばご挨拶する程度でしたけど、息子さんとはほとんど」

「会わない？」

女性は頷く。

「二、三度お見かけしたぐらいかしら。おとといお会いしたときには会釈してくださったから、私のことを覚えてくださってたのね」

やっぱりと新は心の中で呟いた。

「あ、すみません。長話で散歩の邪魔をして。チョコがうずうずしてますね」

新はもう一度チワワの頭を撫でる。

「癒しのひとときをありがとうございました」

「面白い方ね」

女性が笑いながら去っていった。

思いがけない収穫だった。チョコの散歩コースと時間は、隆史が調べようと思えば簡単に調べられる。二階から外を見て、婦人が家を出たのを確認してから自分も出かければアリバイは作ることができる。

新は久美子が死んだときの隆史のアリバイを思い返す。隆史は二階から下りて来なかったと証言したのは家政婦の太田だ。だが、話を聞こうにも太田はもうこの屋敷にはいない。

新は携帯を取り出し、昨日の夜、手に入れた九条の携帯番号を呼び出した。警察なら太田の連絡先を知っているはずだ。

『なんだ？』

呼び出し音が五回続いた後、電話に出た九条の最初の一言だった。名乗る前から新だとわかっていたのは、昨日の発信履歴からアドレス帳に新の名前で登録してくれていたからに他ならない。

「隆史んちの家政婦の連絡先を知らないか？」

『事件のことを調べるのはよせと言ったのを忘れたのか？』

九条の声には咎めるような響きがあった。

「隆史のアリバイを調べ直すだけだっての。違う目線で見れば何かわかるかもしんねえじゃん」

九条からはすぐに答えが返ってこなかった。一瞬の沈黙の後、

『今どこにいる？』

唐突に尋ねてきた九条に、新はそれでも素直に答えた。

「隆史の家の近くだけど」

『近くに地下鉄の駅があるだろう？　わかるか？』

「ああ」

隆史の家から歩いて十分程度のところに地下鉄の駅があるのは、地図上でだが新の頭の中に入っている。

『それじゃ、三十分後にそこで待っていてくれ』

「九条？」

九条の返事はなかった。言いたいことだけを言って九条は電話を切っていた。

九条はちょうど一人でかなり遅めの食事に出ていたところだった。だから新への電話にもすぐに答えることができたし、周りを気にすることもなかった。

早足で署へ戻り、太田の住所を確認する。刑事たちはほとんど出払っており、誰も九条の行為を見咎める者はいなかった。

九条は外出する旨を伝え、また足早に刑事課を出ていく。

昨日の新の態度では、何かしでかしそうな気配は確かにあった。けれどそれを引き止めるだけの余裕が九条にはなかった。

九条は自らを捜査のプロだとは思っていないし、そんな自分が出向いていったからといって、何かできるとも思えないのだが、民間人の新に任せてもおけない。

約束の三十分より少し早く、九条は地下鉄の出口から地上へと出た。

待ち構えていたようにクラクションが鳴らされる。音のした方向に目をやると、いつか乗せられた新のワゴンが停まっていた。

「待たせたな」

九条は車に近づき、運転席の窓越しにそう言うと、そのまま助手席に回り込んだ。

「大丈夫なのか？　仕事を抜けてきたんだろ？」

新は隣に座った九条に問いかけた。

「理由ぐらいなんとでもつけられる。それに俺の姿が見えないことを気にする奴もいない」

九条は淡々と答えた。むしろ九条がいないほうが目障りな奴がいなくていいとさえ思われていそうだ。

「それで、電話じゃ言えないようなことでも？」

「俺も一緒に行く」

「お前が？」

新は驚いて問い返した。

「俺も直接、話を聞いたわけじゃないんだ」

事件捜査に関して、九条はすべて部下からの報告でしか知らない。太田の証言もそうだ。署に呼ぶことは一度もなく、何度かの証言を求めたときには、太田の自宅を訪ねていたと報告書で知っている。

新に住所を問われたときに咄嗟に思いついた。太田の住所を教えなくても、自分が話を聞けばいいのだと。刑事たちの思考は凝り固まり、そのせいで捜査が行き詰まっているといえなくもない。視点を変えてみれば事件解決の突破口が見つかるのではないか。それなら日頃捜査などしたことのない九条自身が足を使うのもいい手かもしれないと思った。

「ここに行ってくれ」

九条は住所を書き写した小さなメモをポケットから取り出し、新に手渡した。

「通いだって言ってたから、そんな遠くはないと思ってたけど、ホントに近いな」

新はメモを見ながら感想を口にする。

鍵の仕事で出かけることが多いからか、新は番地だけでそこがどの辺りかすぐに見当が付くらしい。

新がその住所に向かって車を走らせる。

この辺りは署の管轄内だ。それなのに九条には知らない場所が多すぎる。太田の住所も見ただけではどことはわからなかった。鍵師として独り立ちしている新と、課長などという役職をもらいながらも中途半端でいる自分との差は、そんなところにも表れている気がした。

少しでも記憶しようと、九条はずっと街の景色を見ていた。だからわずか五分で目的地に着いたことにもすぐに気づけなかった。

「そこだな」

新が車を停め、少し先の一軒家を指差した。

二人は車を降り、無言で太田の家に近づいていく。打ち合わせなど何もしなかった。太田から何を聞き出すつもりなのかも新は言わなかった。

「あら、鍵屋さん」

庭で花の手入れをしていた太田が、車を降りた新に気づいて声をかけてきた。太田は六十過ぎだと聞いているが、こうしてパンツ姿で庭仕事をしている様子からはとてもそうは見えなかった。

「こんちは」

新が笑顔で挨拶し、九条もその後ろで小さく頭を下げた。

「ちょっといいっすか?」

「私に何か?」

太田は不思議そうな顔をしながらも、新と九条を自宅に招き入れてくれた。

「どうぞ。旦那さんのところのように高いお茶じゃないですけど」

太田が笑いながら新と九条に、綺麗な湯飲みに入ったお茶を出した。

「覚えてたんですか」

新も悪びれずに笑い返す。会話に入れないのは九条だけだ。

「なんの話だ?」

九条は小声で新に尋ねる。

「こっちのこと」

新は一言で九条をかわし、

「あの家にいたときって、太田さんが、いつもお茶を出すんですよね?」

「ええ、お客様にはもちろん」

「あの日、あのおばさんには?」

新が重ねて質問を続ける。

「久美子さんがいらないとおっしゃったのでお持ちしませんでした」

「隆史には？」

「隆史さんにはもともとお出ししてないんですよ。自分でするからいいとおっしゃって。それに隆史さんはほとんどお部屋にいらっしゃいますから、便利なように二階にも冷蔵庫を置いているんです」

「二階に冷蔵庫……」

九条は太田の言葉に引っかかりを覚え、小さく呟く。

「それで、あの日のことなんですけど、玄関で靴の整理をするっていうのは前から決まってたんですか？」

「いいえ」

急に何を言いだすのかと、太田は首を横に振る。

「隆史が突然言いだしたとか？」

「隆史さんが？　とんでもない」

太田は驚いたような顔で否定する。

「隆史さんはほとんど何も用を言いつけたりなさらないんですよ。お給料をいただいているのが申し訳ないくらいで」

「じゃ、太田さんが急に思いついて？」

「私がいる間にできることはしておこうと思って。あのときにはもう辞めることが決まっていたので、お屋敷を端から順番に大掃除してたんですよ。隆史さんは業者にさせるからと言ってくださったんですけどね、長年お世話になっていたお屋敷ですから、気持ちだけでもしておきたかったんです」

　太田の話から隆史のアリバイは間違いなく偶然できたものだと証明された。

「それでその間、隆史は一度も下りてこなかった?」

「ええ、夕食の支度をするまで、私はずっと玄関にいましたけど、一度も」

「おばさんも出てこなかった?」

　太田は頷く。

「おかしいとは思いませんでしたか?」

　初めて九条は口を挟んだ。

　太田は九条のことを新の友人だと思っているらしく、身分を確かめることもなく、九条の質問にも答えた。

「おかしいとは思ったんですけど、隆史さんが放っておくようにとおっしゃったので」

「隆史が?　いつ?」

　今度はまた新が問いかける。

「お部屋に戻られてから、一度、下りてこられたときにです」

「下りてきたんですか?」

新と九条の驚き方に、太田も驚いた顔になる。

「警察にはそんなこと言ってないですよね?」

新は隣の九条を気にしながら尋ねた。

「警察の方が尋ねられた時間ではありませんでしたし、それにそのときも隆史さんは階段の途中から私に言葉をかけられただけで、すぐに部屋に戻られましたので」

「確かにそれじゃ、アリバイに関係ねえか」

「隆史さん、まだ疑われてるんですか?」

太田が心配そうに新に言った。

「みたいですよ。だから、アリバイに問題でもあったのかなって思って確かめに来たんです」

「そうですか。隆史さんみたいなお優しい方があんな恐ろしいことなさるわけありませんから、きちんと調べて差し上げてください」

太田は新に向かって深々と頭を下げた。

九条はその疑っている警察の人間だ。微かに胸が痛んだ。

太田の家を後にして、新と九条はまた車に乗り込んだ。

「今度は息子が死んだって場所を教えてくれ」

「わかった」

九条はその場所を口で説明する。

新は車を走らせながら九条に話しかけた。

「なあ、どう思った？」

「引っかかるな」

九条はさっきまでの会話を思い出しながら答えた。

「隆史が一度は部屋を出てるってことか？」

「ああ。それと」

「それと？」

「二階にも冷蔵庫があることは報告書にはなかった」

報告書に書かれていることは事件に必要だと思われることのみだ。殺害現場の書斎は細かく説明があったり、写真も貼付されていたが、二階は間取り程度しか詳細はなかった。

「二階に冷蔵庫があるってことがそんなに問題か？」

「わからない」

九条は正直に答えた。

何かが引っかかるのだが、それが何なのか具体的には答えられない。自分の考えを突き詰めようとすれば自然と無口になる。新はそれがわかったのか、話しかけてはこなかった。

一時間後、轢き逃げ現場に到着した。人けのない通りで、どうしてこんな場所にいたのか、まだその理由はわかっていない。

「さっきの話なんだけどさ、なんで隆史はわざわざ太田さんに声をかけたりしたんだろ？」

新は九条とは違うところに引っかかりを持ったようだ。それは隆史個人をよく知っているからこそ感じたことだろう。

久美子は自らお茶はいいと断った。そして、ヒステリーを起こして部屋に籠もったことは、隆史も太田も、そして新も証言している。放っておけなどと言わなくても、そんなところに太田は近づいていこうとは思わないだろう。

「これ以上ヒステリーを起こされないように、絶対に近づくなってことじゃないのか？」

「絶対に……？」

新が瞳を険しくさせる。

「あの部屋に絶対に近づかせたくない理由が隆史にはあった。だから隆史はくどいくらいに念を押さなければならなかった」

独り言のようにぶつぶつと何か呟いている。

「逆、そうか逆だ」

新が突然大声を上げた。

「どうしたんだ、急に」

「お前、前に言ったよな？　逆だったら動機は明確だって」

「それがどうした?」

「逆だったんだよ。おばさんのほうが隆史を殺そうとしたんだ」

新はそれから九条に向かって、頭の中で考えた筋道を話して聞かせた。何か証拠さえあれば、すべての辻褄《つじつま》が合う推理だった。

6

その日の夜、新は再び隆史の家を訪ねた。九条には秘密だ。数時間前に別れたとき、九条は後は警察に任せろと言い、新もそれに頷いた。けれど、新はどうしても隆史本人の口から真実を聞きたかった。

一日に二度の訪問にも、隆史は嫌な顔をせずに新を迎え入れてくれる。

「お前の部屋を見せてくれないか?」

いつものように応接室に通そうとした隆史に、新はそう切り出した。

「いいけど」

不思議そうな顔をしながらも、隆史は二階へ新を連れていく。

「ここが俺の部屋だよ」

隆史が開けたドアの中は、十畳ほどの広さのある洋室だった。壁にはオーディオセットが並んだ棚があり、反対側にはベッド、そして窓の側には、大学生だからなのかパソコンの載った勉強机があった。

「この部屋におばさんが入ったことはあんのか?」

「久美子さんが?」

隆史は新の顔を見つめる。

「ないよ」

その答えが出るまで、ほんの一瞬だが間が開いた。新に自分の立てた仮説が正しいと確信させるに充分だった。

「おばさんを殺したのはお前だな」

直球勝負な新の切り出し方に隆史が噴き出す。

「急に何言いだすの？　俺にはアリバイがあるって言わなかった？」

「あれはアリバイになんかならねえよ。もともとおばさんが死んだのは社長の書斎じゃなかったんだからな」

「どういうこと？」

隆史は冷静だった。怒りだすでもなく、理由を問いかけてくる。

「おばさんが殺されたのはこの部屋だ。お前の部屋だよ。俺たちが応接室にいる間に、おばさんは自分でこの部屋にやってきた。お前を殺すためにな」

隆史は反論もせずに、新の話を笑みを浮かべて聞いている。

「太田さんがいたのは偶然だった。勝手にお前の部屋に入り込んだおばさんは、階段の下に太田さんがいることに気づいて、下りるに下りられなくなったんだ。そのうちにお前が部屋に戻ってくる。そして、鉢合わせした」

「見てたように言うんだね」

新の仮説を聞いても、隆史は動揺した様子を見せない。それどころか面白がっているように さえ見える。

「水の話、警察が気にしてるって言ったのお前だったよな。二階には冷蔵庫があるんだろ? 太田さんに聞いたよ」

冷蔵庫に拘ったのは九条だった。九条が言いださなければ新も気づかなかったかもしれない。それくらい些細なことだった。

「それで?」

「おばさんはその冷蔵庫の中の飲み物に毒を仕込んだ。もうお前しかいない家だ。いつ飲むかはわからなくても、飲むのはお前だけだからな」

「でも飲んだのは久美子さんだよね?」

辻褄が合わないだろうと隆史は尋ねる。

「どうやって飲ませたんだ?」

尋ねる新に、隆史が噴き出す。

「そこを聞いちゃ駄目じゃん。犯人に詰め寄るときは何もかもわかってないと。ドラマではそうだよ」

「本当はそうしなきゃいけないんだろうけどな、俺が言いたいのはお前にはアリバイなんかないってことだけなんだよ。死亡推定時刻に社長の部屋にいる必要はない、太田さんが帰った後にゆっくりあの部屋に運べばいいんだからな」

太田に近づくなと念を押したのは、久美子が書斎にいないことを気づかれないようにするためだった。その時間、つまり隆史が太田に声をかけたときには、既に久美子は隆史の部屋で死んでいたというわけだ。

隆史は否定も肯定もしなかった。その代わりに別の疑問を口にする。

「鍵は？」

「鍵なんてもともとカモフラージュだろ？　合鍵がないって言ってんのもお前だけだ」

もともと鍵は一つだけということはない。大抵は二つか三つ用意されているものだ。

「じゃ、それはそれでいいや。文也さんは？」

「あれも一緒だよ。轢き逃げされた場所が違うんだ。いったん死体を隠しておいて、後で死亡推定時刻には絶対に辿り着けないような場所に遺体を運び、そこで轢き逃げされたかのように細工したんだ」

轢き逃げがあったことをなかったことにするのは難しい。けれど、まったく目撃者のいない状況で周囲の物が何も破損していなければ、偽装は可能だ。文也はアスファルトの道路に強く頭を打ち付けたことにより死亡した。同じように人目のない場所に移し、周りに血痕を散らばらせる。轢いた車が落としていったヘッドライトの欠片まできちんと再現しておくことができたなら、警察も見間違える可能性はあるかもしれないと昨日、九条に教えられた。

「俺が轢いたの？」

「最初は俺もそう思った。そのためにわざわざアリバイを作ったんだってな。でも、ホントは保険だったんじゃないのか？」

「保険？」

新はそうだと頷く。

「お前が昼間を指定したんだろ？　お前はまた命を狙われる可能性を考えて、危険の多そうな夜を避け、人目のない自宅で会うことを避けた。出かけるところを人に見せたのは、自分に万一のことがあったら、その時間に出かけていったことを証言してもらえるからだ」

「それでもまた死んだのは文也さんだよね？」

隆史の表情は、次に新が何を言いだすのか楽しんでいるようにも見えた。

「轢き殺されるのはお前のはずだった。文也が誰かに頼んだんだろう。けど、揉み合っているうちに、結果として車の前に飛び出してしまったのは文也だった」

「かなり強引な想像じゃない？」

無理があるのは承知のうえだ。すべて新の想像でしかない。けれど、ここから先は想像を現実のものにする警察の力がある。

「今、警察が文也の身辺を洗ってる。お前が撒《ま》いたヘッドライトの欠片と文也の遺体に付いていた車の塗料から、車の持ち主の中に文也に関係のある人間がいないかを」

「よく警察が新さんの言うこと信じたね」

「もともとお前は疑われてた。そこへどちらのアリバイもなくなったとくれば、警察は張り切るだろ」

もちろん新が信用されたわけではない。九条が部下たちにそう調べるように指示したのだ。捜査に行き詰まっていたところだから、少しでも可能性があることならと急いで調べていることだろう。

「かもね」

「被害者が本当は犯人になるはずだった、こんな話、お前の好きなドラマでよくあるんじゃないのか?」

「ばれるのは時間の問題ってわけか」

隆史は観念したように小さく寂しげな笑顔を見せた。

「なんでこんなことした?　おばさんがお前に毒を飲まそうとしたときに警察に突き出せば、それですんだ話じゃねえのか?」

新にはその謎は最後まで解けなかった。アリバイ工作は見破れても、殺す必要のない人間を殺す動機は思いつかなかった。

「もうね、あのおばさんの声を聞くのが嫌だったんだ。警察に捕まっても、じゃ、次は裁判でまた声を聞くでしょ？　それに殺人未遂じゃすぐに出てくるからね。そしたらきっとまたつきまとわれるんだよ」

　思い出すのも嫌だと隆史は顔を険しくした。

「そんなに嫌いだったのか？」

「ねえ、新さんが人に言われて一番嫌なことって何？」

　新の問いかけに、隆史は問いかけで返す。

「一番嫌なこと？」

　新は咄嗟に思い浮かばず首を傾げた。

「新さんにはないかもね。俺にはあるんだ。俺はゲイだってことを隠してるわけじゃないし、それが悪いことだとも思ってない。けど、汚いものを見るような目で見られて、そう言葉で罵られ続けたらおかしくもなるよ」

　そのときの言葉を思い出したのか、隆史の顔が苦痛に歪《ゆが》む。

「和夫さんが生きてる間はよかった。あの女も和夫さんを本気で怒らせば経済的援助を一切してもらえなくなること、よくわかってたから。でも和夫さんが死んで、遺産が一円も入ってこないってわかったとたん、もう容赦なかったよ」

　和夫というのが隆史の義理の父親、つまり結婚相手の名前だと、新はこのときまで知らなかった。

「だから、殺した?」

「あの女がミネラルウオーターのペットボトルに何か入れようとしてるのを見つけたんだよ。なんでもないって言い張るから、じゃあ飲んでみろって」

当然久美子は抵抗する。それでも何も入れなかったと言い続ける久美子に隆史はキレた。

「小柄で力もなかったからね、押さえつけて口をこじ開けて無理やり喉に流し込んでやったんだ。後悔も反省もしてないよ」

自業自得、そんな言葉が新の脳裏を掠める。

「息子のほうは?」

「あの親子、ホント、似たもの親子だよ。母親に毒を持たせたの、息子なんだから。だから、あの日、母親が毒を飲んで死んだって聞いて、すぐにわかったんだろうね。母親の死を悲しむより先に俺に電話をかけてきた。後は新さんの言ったとおり」

隆史はすべての罪を白状し認めた。

さらに隆史はどうやって文也の遺体を運んだのかまで説明してくれた。文也が指定した待ち合わせ場所は遠かった。最初はタクシーでとも思ったが、文也が何を考えているかわからないうちは、自分の足取りを残しておくのは不安がある。何かの罪を隆史に被せようとしているのかもしれないと、万一の可能性まで疑った。だから、車は深夜のうちに近所から離れた場所に停めておいた。徒歩で出かけたと周囲に思わせるためだ。車は和夫が残したものがあった。免許は持っていないが、運転はできる。結果として車に乗っていったことが、隆史にさらなる偽装をさせることになった。

「死体を隠したのは、文也さんを轢いた人間からどんな話が漏れるかわかんなかったから。俺が場所を偽装すれば、その犯人にもアリバイができるでしょ？　そうなればわざわざ名乗り出たりしないかなって」

「潔すぎるだろ。なんでそんな簡単に認めんだよ」

隆史が犯人だと思っても、心のどこかで違っていてほしいと願っていた。抱き合ったことはあるが、ほとんど行きずりのような関係だ。入れ込む理由はないのだが、なんとなく自分と似た空気を感じるという、それだけで新は隆史に肩入れしていた。それに少なくとも新の前では、隆史は気のいい男だった。

「隠し通そうとも思ってなかったんだよね。ばれたらばれたでいいかって」

「捕まってもか？」

「もう和夫さん、いないしね」

だから未練はないのだと、隆史は言外に匂わせる。

「本当に好きだったんだな」

「何言ってんの。そうじゃなきゃ、養子縁組なんてしないよ。こんなに面倒なことたくさんあるってわかってんのに」

好きだから籍を入れた。だが、皮肉にもそのことが隆史に人を殺させることになった。

「悪い。俺、お前のことをちょっと誤解してた」

新は正直な気持ちを伝え、隆史に詫びた。

「誤解？」

「俺と同じでもっと軽い奴かと思ってた」

「間違ってはないんじゃない？」

「でも、俺と違って、本気で人を好きになれてる」

あのときは気軽に誘われたから、隆史も遊びでセックスのできるタイプの人間だと思っていた。だから誘いに乗ることにためらいもなかった。

「俺を誘ったのも、他に何か意味があったんじゃねえのか？」

「共犯者にしようとか？」

そう問いかけておきながら、答えを待たずに隆史はないないと首を横に振る。

「心と体は別物でしょ。まだ若いしね。正直、寂しかったからかも」

「体が？」

「どっちも」

隆史は笑って答える。

「お前が犯人なのにな、あのおばさんのほうが憎くてしょうがねえよ」

「新さんのそういうとこ、ホントに好きだった。和夫さんの次にだけどね」

「俺もお前のこと、すっげー気に入ってたよ」

ふと九条の顔が思い浮かぶ。だから言葉を付け足した。

「あいつの次にな」

「あいつ？　それって菓子折持ってった人？」

「ああ」

新はこのときはっきりと自分の気持ちを認めた。

「その人のことは本気じゃないの？」

「わかんねえ。今までみたく軽く手を出せない相手だから悩んでる」

新は正直に気持ちを打ち明ける。事件の真相を探りに来たのに、まるで恋愛相談をしているかのようだ。

「もう手を出した後じゃなかった？」

「だから余計に悩んでんだろ」

「今までなら悩まなかった。なのに今は悩んでる。ってことはもうそれで充分本気ってことの証明だと思うけど？」

隆史がからかうような視線を向けてくる。

「そういうことか」

新が仕方なく自分の気持ちを認めようとした、そのときだった。

「動くな」

九条がそう叫びながら部屋の中に飛び込んできた。その手には拳銃が握られている。

「日向、大丈夫か？」

「俺は大丈夫だけど、お前のほうこそ大丈夫か？」

安全装置も掛かったままだし、銃を持つ九条の手が震えている。新の視線で九条も気づいたのか、拳銃を握っていた右手を左手で包んだ。

「仕方がないだろう。実戦経験はないんだ」

九条が言い訳めいたことを口にする。

「そんな必死な顔しないでよ」

隆史が呆れたように笑っている。

「俺が新さんに何かすると思った？」

落ち着いた様子の隆史とまったく緊張感のない新に、九条も肩の力が抜けたのか、息をついて拳銃を持つ手を下げた。

「隆史が全部認めた」

新は九条に状況を説明する。

「うん、俺がやりました」

隆史が九条に向かって言った。

新は九条の後ろに目をやる。

「お前、一人で来たのか?」

「外にはいる。まだ逮捕令状が出てないから、踏み込むわけにはいかないんだ」

依然として状況は隆史に動きがないか見張っているだけということらしい。

「お前、踏み込んでんじゃん」

「それは……」

九条が言い淀む。

「お前が中に入っていったって、外の刑事に聞いて」

「それで心配になって飛んできてくれたってことか」

「飛んでなんかきてない」

ムキになって否定した九条は、じっと見つめる隆史の視線に気づいて、

「あ、いや、市民を守るのは警察の義務だからな」

「そういうことにしといてやるよ」

新はにやつく口元を隠せない。

「何を笑ってるんだ」

九条はムッとした顔をしている。

「なんでもねえよ」

新は笑いを嚙み殺す。

「それより、逮捕令状が出てないってことは、まだ隆史を逮捕できないんだろ？」

「ああ」

九条が頷く。

「だったらさ、こいつを自首ってことにできないか？　罪が軽くなんだろ？」

「俺は別にどっちでもいいよ」

九条が答えるより先に、隆史がなんでもないことのように言った。

「まだ逮捕できないと言ったはずだ。だから、警察までは私が付き添おう」

九条は新の意図を尊重してくれた。新は力いっぱい九条を抱きしめたくなったが、隆史がこの場にいることを思い出し、かろうじて踏みとどまった。


今回ほど九条の意見がすんなりと通ったことはなかった。事件解決のきっかけを見つけたのは九条で、犯人を自首させたのも九条ということになっている。新がそうしろと言ったのもあるが、九条もそうしたほうが面倒が少ないと思ったから、新の言い分に従った。隆史も余計なことは言わなかった。

新への事情聴取は驚くほど簡単にすんだ。犯人に自首を勧めた功労者で、九条が後の説明を引き継いだからだ。

隆史の自供の裏付けは、もう深夜ということもあり、明日以降に持ち越された。

九条が署を出たのは日付けが変わってからだった。またタクシーを呼ばなければと思いながら建物を出ると、駐車場に見慣れた新の車を見つけた。もう二時間近く前に帰したはずなのに、どうしてまだいるのか。

微かな期待を抱いてしまいそうで、九条は自分を戒めた。

事件は解決した。新と会うのももうこれが最後だ。

九条は近づいていき、運転席の窓ガラスを叩いた。シートを倒して寝ていた新が起き上がり、窓を下ろす。

「まだいたのか?」

「隆史、どうなったのかと思って」

やはり期待しなくてよかった。新が気にしていたのは隆史のことだ。

「そんなにすぐには結論が出るものじゃない」

「裁判とか?」

「まあ、そうだ」

詳しい説明をしても新にはわかりづらいだろうし、何よりこんなところで立ち話をしてすむような話でもない。

「お前、もう帰れんの？」

「ああ」

「送るから乗ってけよ。もう終電出ちまったぞ」

九条はすぐには答えられなかった。事件さえ解決すればもう新と会うこともないと思っていた。会わずにすむと思っていた。けれど、実際に繋がりがなくなってしまうのは怖かった。事件でしか接点がない。新がただのついでだと思っていても、それでもいいと思ってしまう。

「それじゃあ、悪いが」

九条が助手席側に回り車に乗り込むと、新はそれを確認して、エンジンをかけた。

九条のマンションに着くまでの時間、話は自然と事件のことになる。他の話をするのが怖かったから、九条はいつになく饒舌《じょうぜつ》になった。

途中、何度か新が話を変えようとしたことがあったが、九条は気づかないふりで変えさせなかった。

九条は隆史に有能な弁護士をつけてやるよう新に勧めた。隆史には身寄りがいない。どうやら一番親しいのは新ということになるだろう。莫大な財産を相続しているのだ。弁護士費用は充分まかなえる。情状を酌量されれば、隆史の罪はかなり軽減されるだろう。何しろ最初に殺そうとしたのは志藤親子なのだから。新もその助言に任せておけと答えた。

結局、肝心なことが何も言えないまま、新の車は九条のマンションの前に着いた。

「遠回りなのに悪かったな」

「これくらい何でもねえよ」

「……じゃ」

九条は車を降りて、マンションのエントランスに向かって歩きだす。

これでもう完全に終わった。新が電話をかけてくることもないだろう。心をかき乱されることもなくなり、また落ち着いた生活が取り戻せる。その代わり無味乾燥な日々だ。

前に踏み出す足が恐ろしく重い。けれど、振り返り駆け寄ったところで惨めな思いをするだけだ。その証拠に新は何も声をかけてはこない。

九条はエントランスから建物の中に入り、すぐ前にあるエレベーターのボタンを押した。三階に停まっていた箱が降りてくる。

ドアが開き、九条が中に乗り込んだ瞬間だった。閉まりかけたドアを誰かが手で押さえた。

「日向」

九条は驚き、それ以上の言葉が出なかった。ただ新を見つめるしかできない。

エレベーターの扉が音を立てて閉まる。密室には二人だけだ。

新は九条をまっすぐに見つめたまま、二人の間の距離を縮めてくる。こんな狭い箱の中で逃げる場所などない。

「どうして……」

ようやく言葉が出たものの、それ以上先は言えなかった。

新が九条を抱きしめた。

九条は心の中でどうしてと繰り返す。そんな九条の動揺にはかまわず、新は首を傾け、唇を奪った。

戸惑いは強引に歯列をこじ開け押し入ってくる舌に呑み込まれた。口中を思うままに蹂躙《じゅうりん》され、形だけの抵抗などすぐに力を失くす。九条の体から力が抜けていき、新にしがみつくしかなかった。まるで恋人同士のように激しく抱きしめ合っている。

「ん……ふ……」

唇が離れると、九条の口から艶めいた声が漏れる。それに誘われたように新がまた顔を近づけてくる。

余韻を残しつつもここがエレベーターの中だということを思い出し、九条は避けるように顔を背ける。

「九条」

新が耳元で優しく囁きかける。

「俺に名誉挽回させてくれよ」

言葉の意味がすぐに理解でき、九条は首筋まで赤く染めた。新の家を訪ねたとき、そんなこ

とを言われたのを覚えている。

　チンとエレベーターの停まる音が狭い箱内に響いた。

「いいだろ?」

　問いかけているくせに新は九条の返事を待たない。動けない九条の体を抱いたまま、九条の部屋に向かう。

「放してくれ」

　九条は消え入りそうな声で訴えた。

「部屋ん中に入ったらな」

　新はまだ解放してくれない。いつ他の部屋の住人が姿を見せないとも限らないのにだ。

　九条は震える手で鍵を取り出し、鍵穴に差し込もうとした。だが、動揺が緊張を呼び起こし、手が震えてうまく入らない。

「貸せよ」

　新が九条の手から鍵を奪い取り、代わりに解錠した。そして、開いたドアから二人はもつれるように中に入った。

　部屋の中に入ったら体を放すという約束は守られなかった。電気のスイッチを押した九条の右手は新に摑まれ、そのまま壁に押さえつけられる。

「日向っ……」

「黙ってろ」

新は九条の左手も同じように壁に押さえつけ、動きを封じた。

真剣な瞳が九条を捉える。どうして新がこんな瞳で自分を見つめているのか、九条にはわからない。

さっき中断せざるを得なかったキスの続きが始まる。いつも新のキスには翻弄される。かつてこんなに激しく求められたことはなかった。

息苦しくなるほど口中をまさぐられ、九条は新の腕を叩いて訴えると、ようやく顔が離され呼吸が許された。

九条は肩で大きく息をし、乱れた呼吸を整えようとする。

新はその隙に九条のロングコートを肩から落とすと、休む間もなくスーツのボタンを外し、シャツの上から胸の突起を探して手をさまよわせた。

「やっ……」

思いがけない感触に掠れた声が漏れる。前回は触れようともしなかったのに、新は意図を持って指の腹で突起を擦る。

九条は唇を噛み締め、これ以上声が漏れないように堪えた。けれど、押しつけるように強く擦られるたびに体が震える。

「俺のキス、よかった？」

煽るような言葉とともに、膝が中心に押しつけられる。逃げようもなく、形が変わり始めていることを知られてしまう。

「それともこっち？」

今度は指先で軽く爪を立てられた。

「もうやめてくれ」

「冗談だろ。これからじゃねえか」

「頼むから……」

玄関先でこんなに簡単に翻弄される自分が情けなかった。

新は九条の懇願を無視して、九条のシャツをスラックスから引き抜いた。その中に忍び込んできた手が素肌を這い回る。

「……んっ……」

冷たい感触に九条は体を震わせる。

「こんなに感度がいいんなら、前んときももっとちゃんと触ってやりゃあよかったな」

そう言いながら、新は両手を忍び込ませる。

「そこら中撫で回して、感じさせまくって、声が嗄《か》れるほど泣かせてやればよかった」

「日向っ……」

聞いていられない言葉を遮ろうと九条は声を上げる。

「外に誰かいたら聞こえるぞ」

新は忠告するようなことを言いながら、今度は直接胸の突起をきつく摘まみ上げた。九条は溢れ出そうになる声を抑えるため掌で口を覆う。

「人に聞かせんのが嫌ならそうしてろよ」

唇が触れるほど耳元で囁かれ、その声にも熱くなる。

新は九条のベルトに手をかけた。九条はまさかこんなところでこれ以上のことをされるとは思わず、驚愕して大きく目を見開いた。

新はかまわずベルトを外し、ボタンとファスナーも緩めると、支えのなくなったズボンが足を伝って足首まで落ちる。驚きのあまり抵抗することも忘れ、呆然としているうちに下着まで引き下ろされた。

乱れてはいるもののスーツの上着もネクタイもシャツもそのままに、下半身だけをさらけ出している格好だ。

「すっげーエロい格好」

新の言葉に九条は自分の姿を再認識させられ、羞恥に身をよじる。言葉がさらに九条を追いつめた。

新が床に膝をつく。そんなことをされれば、シャツの裾を押し上げている屹立が新の目の前に晒されてしまう。

「前んときのお返しな」

「いい、そんなことしなくていいから」

新が何をしようとしているのかは明白だ。九条は必死で懇願した。

「任せとけって。コレをしゃぶる日が来るとは思わなかったけど、確実にお前よりもうまい自信はある」

新はそう言ってシャツを捲り上げると、迷わず先端に舌を這わせた。

「ひっ」

引きつったような声が漏れ、九条は慌てて再び手で口を押さえた。

初めてだというのに、新は巧みに九条を昂ぶらせる。される側の経験の多さを思わせた。

口を覆っていた手は、いつの間にか新の髪に絡められている。声を抑えることなど、セックスに不慣れな九条には無理な話だった。

「あ……ああ……」

間断なく漏れる声に、新の舌の動きはさらに調子を上げる。先端を舌先でこじ開けるように突かれ、九条の膝はガクガクと震えだす。

「やめ……も……」

九条の切羽詰まった声に、新は九条の中心から顔を離した。

「もうイキそうか?」

新の問いかけに、九条は救いを求めるように何度も頷く。

新は立ち上がって、九条に顔を近づける。

「じゃ、イクときのお前の最高にエロい顔、間近で見せてもらうな」

新は九条の中心に手を添えた。柔らかい口中の感触とは違う骨張った指の感触に、九条はせわしない呼吸を繰り返し、そして、包み込む新の手の中で弾けた。

九条は体重を壁に預け、崩れ落ちるように床に腰を落とした。

「九条、コレ、なーんだ?」

呆然としている九条の目の前に、新が自分の手を広げてみせた。そこには九条が吐き出した白濁とした液体がこびりついている。九条は一度上げた視線をすぐに逸らす。その首筋はこれ以上ないほど赤く染まっていた。

「続き、このままここでしていい?」

新は顔を覗き込みながら尋ねる。自分だけが達した証拠を突きつけられ、九条にその先を断る術はない。

「ベッドへ……」

九条は掠れた声で訴えた。

「オッケー」

新は九条の膝の裏に腕を回し入れ、そのまま九条を抱え上げる。

「軽っ。軽すぎ」

ふざけた調子で言いながら、新はらくらくと九条を抱いたままで歩きだす。

新がこの部屋に入ったのはたった一度だけ。そのときも目的は九条を抱くことだった。

寝室のドアは開いている。出かけるときはいつも開け放し、空気が籠もらないようにしていた。新は片手で部屋の電気のスイッチを入れ、それから部屋の中央に進んでベッドの上に九条を下ろして座らせる。

「このままってのもエロくて好きだけど」

新は九条の上着を脱がせ、次にネクタイに手を掛ける。

「前んときは見せてもらえなかったからな」

「見たって……」

抗議の声はネクタイを抜き取る音が邪魔して新には届かない。

「何?」

新はネクタイをベッドの下に投げてから尋ねてきた。

「俺の裸なんて見たって仕方ないだろう」

「なんで?」

シャツのボタンを外す手を休めず、新は不思議そうに問い返す。

「なんでって」

「お前の生足だけで、もうジーパンがキツくなってんだけど、見る?」

新は視線で自らの中心を示した。ジーンズの生地は硬く、はっきりとはわからないが、それでも盛り上がりが見て取れた。九条は視線を逸らす。

ボタンのすべて外れたシャツを肩から落とし、

「はい、最後っと」

新は九条の眼鏡すらも取り去った。最後の仮面のなくなった九条は、頼りなげに視線をさまよわせることしかできない。

「ちょっと待ってな」

新は露《あら》わになった九条の胸に軽いキスをしてから、自ら勢いよく服を脱ぎ始めた。そんな新を正視できずに視線を逸らしていた九条は、新のスタジアムジャンパーから何かが落ちるのを目の端に捉えた。

「あっ」

無意識に小さな声を上げる。

「どうした?」

聞き咎めた新がその声の意味を尋ねる。

「何か落ちた」

「うん?」

新は落ちている小さな紙片を拾い上げた。

「ああ」

その紙片の正体に気づいた新は、口元にいやらしい笑みを浮かべる。

「欲しけりゃやるよ」

新は九条にその紙片を手渡した。紙片に書かれた文字を見た九条の顔色が変わる。チケットには大きく『ＳＭ』の文字が印刷されていて、そういった店の割り引きチケットだということがわかった。

「お前……」

九条は言いしれない恐怖を感じてベッドの上を後ずさる。新の性癖を知るほど深い付き合いではない。たった一度寝ただけでは、新も本性を見せなかったのかもしれない。

九条が激しく動揺している間にすべてを脱ぎ終わった新は、ベッドに上がり、膝を進めて九条に近づく。

「してみる？」

新は笑いながら尋ねた
「い、嫌だ」

九条は本気で怯《おび》えて首を横に振る。そんなプレイの経験もなければ、痛みで快感を得ることなど考えることすらできない。

「嘘、冗談」

そう言って、新は九条の唇に軽いキスをした。

「今日は名誉挽回するって決めてんだから、お前の気持ちいいことしかしねえよ」

「本当か？」

九条はまだ疑いを捨てきれず、念を押す。

「ホントだって。お前がしたいっていうんなら別だけど」

九条は慌てて首を横に振り否定する。

「わかりました。な、アレ、借りていい？」

新の視線はサイドテーブルの引き出しに向いている。前回、九条がここから必要な物を取り出したことを覚えているようだ。九条は小さく頷いて了解した。九条が使ってほしいと望んだことも覚えていてくれたのが嬉しい。

「サンキュー」

新は引き出しに手を伸ばし、その中から潤滑剤とコンドームを取り出した。コンドームはいったんテーブルの上に置き、潤滑剤を右の掌に垂らす。

「俯せに寝てくんないか？」

「えっ？」

新からそんなことを言い出されるとは思わず、九条は驚く。

「そのほうが楽なんだろ？」

新は隆史とも経験した。二人がどんなふうに抱き合ったのかは知らないが、少なくとも九条のように何も言わずに体を繋げただけということではなさそうだ。

新は九条の負担を少なくすることを考えてくれている。名誉挽回したいというのも本気のようだった。

九条がゆっくりとした動作で俯せになると、新はその九条の腰を掴んで抱え上げ、さらに膝を肩幅にまで広げさせ四つん這いにさせた。

双丘を新に見せつけるように突き出す格好に、九条は羞恥で体を熱くする。

人目に晒すことのない場所に新の視線が突き刺さる。九条の中心は新に見られていると思うだけで、また力を持ち始めていた。

「ぅん……」

九条は甘い声を漏らす。

後孔に濡れた新の手が触れたからだ。さっき垂らした潤滑剤を塗り込めるように、周囲をなぞったり、丹念に揉みほぐしたりしていく。

「あ……はぁ……」

繊細な指の動きが九条の腰を揺らめかす。

「こうするだけでも気持ちいい？」

新の問いかけが背中から聞こえてくる。そうだと認めることは、自分がどんなに快感に弱いか教えてしまうことになる。九条は言葉にはせず頭を振って否定するが、腰が揺れるのは止められなかった。

「ひぁっ……」

九条は引きつった声を上げ、背中を反らした。

双丘の狭間を冷たい液体が伝った。手に取った分だけでは足りないと思ったのか、新が直接瓶から垂らしたらしい。

液体が伝って落ちる感触にも、肌がそそけ立つ。さっき一度達してしまっているせいなのか、感じすぎる自分の体に九条は戸惑い怖くなる。

「もういいから……」

浅ましく乱れる姿を見られるくらいなら、痛みを堪えるほうがいいと、九条は首を曲げ、新を振り仰いだ。

九条は思わず息を呑んだ。欲望が色濃く宿った熱い瞳が九条を捉えていた。

「いいわけねえだろ」

新の指先が後孔に触れた。

「お前がよがり泣くまで、俺の指でとろけさせてやるよ」

新は無情な宣言をして、押し当てた指先を九条の中に突き刺した。潤滑剤が滑りをよくし、指は奥まで呑み込まれていく。

「うっ……く」

九条は低く呻《うめ》きながら圧迫感を堪えた。この瞬間は苦しくて、数少ない過去の経験でもいつも唇を噛み締め耐えていた。

新は焦ることなく指を押し進め、付け根まで埋め込む。

「すっげえ、ギュウギュウに締め付けてくる」

「言うなっ……」

九条は恥ずかしくてシーツに顔を伏せる。

「前んときはどうしてた？　俺のをすぐに銜え込んでたけど」

九条の中を指で探りながら、答えられない質問を投げかけてくる。

「そういや、シャワーだけにしては長かったけど、自分でこうして解してたのか？」

グッと指を折り曲げられ狭い中を拡げられる。

「や……そんな……こ……」

していないと否定しようにも蠢《うごめ》く指が言葉を紡ぐことを邪魔する。

「してたんだよな。そうじゃなきゃ、俺のが入るわけねえからな」

「ああっ……」

指先が九条の奥を突き、九条は叫び顔をのけぞらせた。前立腺を刺激されれば、嫌でも体は昂ぶってしまう。

「やべえな。その姿を想像したら、ますます興奮してきた」

熱い声で九条の耳を嬲り、指を蠢かして奥から九条を乱れさせる。

そこを指の腹で擦られると、不快感は消え失せ、代わりに快感の波が押し寄せる。達したばかりだというのに中心は完全に形を変えていた。

新は器用な指で九条から官能を引きずり出す。前立腺だけでなく、中のどこを探られても声が抑えられない。

「はぁ……う……んっ……」

嬌声にしか聞こえない甘い声が、九条の意志とは関係なしに溢れ出る。耳を塞ぎたくなる自分の声を九条はシーツに顔を埋めかき消そうとした。

けれどそんなことをしても無駄だった。中心からは雫が零れ、屹立を伝って落ちシーツを濡らしている。新がそれに気づかないはずがない。

新がもう一本指を増やしても、奥を突かれているせいで不快感も圧迫感もなかった。

涙で視界が滲んでくる。本当に新の指だけで九条は泣かされている。これ以上何かされれば、また自分だけが達してしまいそうで、九条は首を曲げ新に顔を向けた。

そこには自分を見つめる新がいる。

「もう挿れていいか?」

問いかけた新の声が、九条でも気づけるくらいに興奮で熱くなっていた。さっきからずっと新は九条を煽っているだけで、新自身には触れてもいない。それなのに新は興奮している。こんな自分を見るだけで感じてくれているのかと思うと、涙が出そうなほどに嬉しかった。だから応えたかった。

九条はゆっくりと唇を動かした。

「……挿れて」

こんな言葉を口にするのは初めてだ。消えてなくなりたいくらいに恥ずかしかったが、九条ははっきりと新を求めた。

「今までで一番キタよ、その台詞」

そう言った新の顔には、人好きのするいつもの笑顔ではなく、男の色気溢れる笑みが浮かんでいる。

新がスッと指を引き抜いた。九条の意志とは関係なく、後孔は物足りなさげに収縮する。

「そのままで待ってろ」

新はニヤリと笑い、用意していたコンドームの袋を手に取った。視線が逸らせなかった。新の中心は熱く昂ぶり、天を向いている。これに今から貫かれるのだと思うと、鼓動は早鐘のごとく打ち続け、その音は新にまで聞こえてしまいそうなほどに大きく感じる。

新はコンドームの袋を歯で引き破ると、慣れた動作で自身に被せた。そして、九条の腰に両手を添えると、待ちかねてひくつく後孔に押し当てた。

「い……あ、ああっ……」

躊躇なく一気に突き刺された。指とは比較にならない圧迫感だが、勢いがよかったせいでかえって苦しいのは一瞬で終わった。

呑み込まされた屹立は、九条の中で熱く脈打っている。この熱さに前回は我を忘れさせられた。けれど、今度は自分よりも九条を気持ちよくさせたいと言ってくれたとおり、新は九条が大きさに馴染むまで動こうとしなかった。

「もう平気だから……」

先に焦れたのは九条だった。すぐそこまで来ているのに、この状態では肝心なところに当たらないのだ。

動いてほしいという願いに新が応えた。腰に添えた手に力が籠もる。

「うっ……あぁ……」

グッと腰を押しつけられ、九条はシーツを強く握りしめた。新の動きに肉壁までもが引きずられるような錯覚を覚える。

「痛いのか?」

気遣うような新の声が胸に染み入る。こんなに労るように抱かれたのは初めてだ。体だけで

なく心まで溶かされていく。

「違う……いい……」

掠れる声で九条は必死に気持ちを伝える。

「なら、遠慮しねえぞ」

新はゆっくりと九条を揺さぶり始めた。

どこをどうすれば九条が感じるのか、新はちゃんと覚えていた。突き上げる角度は的確で、九条は嬌声を上げ続けた。

部屋の中には、喘《あえ》ぐ九条の声の他に腰を打ちつける乾いた音やベッドの軋む音が響き、耳からのスパイスとなって、さらに九条を高めていく。

「も……もう……イクっ……」

九条は高まりすぎた快感に切ない叫び声を上げた。

「俺も、……限界だっ」

新は九条の背中に肌を重ね、九条の中心に手を伸ばしてきた。

後ろだけで達するのは辛いのだと初めて体を繋げたときに泣きながら訴えたことを、新は覚えてくれていた。

絡んだ指が震える屹立を解放へと導く。後ろを激しく突かれ、イケとばかりに前を擦られる。

「ああっ……」

大きく喘いで九条は今日二度目の解放を迎えた。新もほとんど同時に達したことはゴムを通してでも体の奥が熱くなってわかった。

ズルリと新が中から出ていくと、体はシーツへと沈み込む。九条はシーツに顔を埋め、乱れる呼吸を整えた。熱はすぐには引きそうになかった。立て続けに二度も射精したことは今までに一度もない。これほど体力を消耗するものなのだと初めて知った。

「九条」

呼びかける声が耳朶《じだ》に息を吹きかけ、九条を震えさせる。新にそんなつもりはないのだろうが、収まらない熱がぶり返しそうで、九条はすぐに返事をすることができなかった。

「大丈夫か？」

心配げに問う声が心地よい。できることならこの声を聞きながら眠りにつきたいという九条のささやかな願いは、思いがけない言葉で破られた。

「大丈夫そうなら、お前の顔を見ながらもう一回したいんだけど」

驚いて顔を向けると、九条以上にまだ熱の冷めない表情の新が、九条の顔を覗き込んでいた。

「もう一回って……」

本音を言えばもうそんな体力はなかった。三度目ともなると射精はもっと辛くなるだろう。

それでも九条は無言で頷いた。求められることが嬉しかったし、何より体を重ねることの喜びを知り、離れてしまうのが寂しかった。

新が九条の肩を掴み、仰向けにした。九条は急に羞恥心が湧き起こり、両手で顔を覆おうとしたが、その手を新に遮られる。

「顔を見ながらって言ったろ?」

「見ないでくれ。みっともない顔をしてるから」

自分自身では見えなくてもわかる。真冬だというのにさんざん汗をかき、髪は乱れ放題になっている。上気したままで赤い顔には、泣かされたせいで涙の跡も残っているはずだ。

「そういうのは、超エロい顔っていうんだよ」

新が口元を緩め、九条の頰を撫でる。

「この顔を見てるだけでも、もうこんなになっちまった」

視線を下げた新につられて、九条もその先を追うと、達したばかりのはずなのに既に力を持った新の中心があった。

九条が視線を奪われ身動きできないでいると、新は九条の両膝を掴んで左右に大きく割り開いた。自身の放ったもので濡れそぼる中心が露わになる。

「こうすりゃ、もっとエロい」

「日向、もう……」

九条はいたたまれずに顔を横に向けた。

新が拡げた足の間に腰を進めてきても、まともに顔を見ることができない。浮き上がらせるように腰を掴まれ、ようやく九条は視線を戻した。

「うっ……くぅ……」

熱い息を吐きながら、九条は新の屹立を呑み込んでいく自分の姿から目が逸らせなかった。

「すごいだろ？　あんなに狭かったのに、俺の大きさぴったりに拡がってる」

「馬っ……」

馬鹿なことをと言いたかったのに、すぐに激しく揺さぶられ、言葉にならない。二度目だから馴染むのを待つ必要はないとばかりに、新は性急に腰を使う。

萎えていた九条の中心も硬さを取り戻す。けれどやはり三度目はそれまでのように簡単には絶頂へと辿り着けず、快感が押し寄せるほどに辛くもなってきた。

「どうしてほしい？」

新が背を丸め、九条に顔を近づけてくる。

楽になりたい。そう望んでいたのに、九条の口をついて出たのは別の願いだった。

「キス……して」

ねだる声は自分のものとは思えないほど甘く響く。初めて新に抱かれたときはキスをしなかった。体だけその場だけという思いがあったからだ。新からも求められはしなかった。でも今は違う。だからキスが欲しいと九条はねだった。

新はすぐにそれに応えた。さらに顔を近づけ、九条の唇を唇で塞ぐ。

深いキスを交わしながら、新は腰を回すように緩い突き上げをし、九条の屹立にも指を絡めた。口腔を舌で貪られ、最奥を屹立で突かれ、自身を手で擦られる。同時に三ヶ所を攻められ、一気に解放が近づいた。

唇が塞がれていなければ発せられたはずの声は新の口中に呑み込まれ、キスをしたまま二人は最後の瞬間を迎えた。

新が顔を離すと、九条は思い出したかのように大きく息を吸い込む。その間に新が自身を引き抜いた。九条は四肢をベッドに投げ出し、ただ荒く呼吸を繰り返すしかできなかった。

「今回はよかった？」

新が無神経なことを尋ねてくる。答えられるはずもなく、そっぽを向いていると、新はベッドから下りずに九条の隣に寝転がり、顔を覗き込もうとする。

「返事は？」

さらに重ねて問われ、九条は反対側に顔を背けた。その背中に新の噛み殺したような笑い声が聞こえる。

「ま、よかったってのは、お前の反応でわかってんだけど」

「だったら訊くな」

九条は背中を向けたまま怒った。

「なあ、九条」

「なんだ?」

呼びかけられても振り向かず、声だけで答える。さっきまでの自分の乱れようが鮮明に蘇り、恥ずかしくてとてもまともに顔を見られない。

「これ、もう空なんだけどさ」

顔の前に不意に小瓶が現れた。新がベッドの下に投げ捨てたはずの潤滑剤だ。いつの間に拾い上げていたのだろう。

「こういうのってお徳用サイズとか売ってないよな」

「馬鹿っ、何言って……」

真っ赤になって振り返った九条に、新は笑顔を向ける。まんまと新の作戦に乗せられた。新は九条を振り向かせるためにわざとこんなことを言いだしたのだ。

「マメに買いに行くのって面倒だろ。ケース買いとかしとく?」

新は調子に乗ってさらに九条を赤面させる。

「俺に同意を求めるな」

「これが必要なの、九条じゃねえの? それとも俺の舌技でトロトロに溶かしてもらうのが、実は好みだとか」

「もういい、黙れ」

放っておくともっととんでもないことを言いだしそうで、九条は真っ赤な顔で新の口を掌で塞いだ。

「お前が鉄仮面って呼ばれてたなんて、嘘みたいだな」

新は昔を懐かしむように言った。

「だからお前が……」

「俺が何？」

新が九条の仮面を剝ぎ取ったのだと言いかけたが言えなかった。聞きようによっては愛の告白にも聞こえてしまいそうだからだ。

新の言葉一つに、些細な態度に翻弄され、感情をかき乱される。なんとも思っていないのなら、仮面もつけていられるが、そうでないから感情が溢れ出てしまう。

「お前さ、もうあの店に行くのやめろよ」

新は九条の顔を見つめながら、急に話を変えた。

「あの店？」

突然何を言いだすのかと九条は問い返す。

「ハッテン場だっけ？」

確認を求めるように言われ、九条は恥ずかしさが込み上げてくる。

新にゲイだとばれるきっかけになった店のことだ。九条は友人に会うために行っていただけだが、ハッテン場と言われると、その場限りの相手を探す浅ましい人間だと言われているような気がする。

「お前に言われる覚えはない」

九条は傷ついたことを隠そうと、冷たく答える。

「もう相手なんか探さなくたっていいだろ。俺がいるんだから」

予想外の言葉に、九条はまた無表情の仮面をつけることができなかった。

「俺にしとけって。絶対にお買い得だから。俺がテクニシャンなのはお前も知ってんだろ」

それは体で証明ずみと思わせぶりに微笑みかけられ、九条は視線を逸らす。

「それだけじゃないか」

知ってはいても素直に認めるのは悔しい。九条は精一杯の虚勢を張ってみた。

「大事なことだろ」

新はまったく悪びれたところもなく、のうのうと言い放つ。九条はもう呆れるしかなかった。

「もっと他に特典はないのか?」

特典があるなら考えてやってもいいと、九条なりに余裕を見せようとする。答えなどとっくに出ているし、新もきっと気づいているのだろう。新は一瞬だけ考える仕草を見せ、それからすぐにニヤッと笑った。

「どんな鍵でも開けられます」

「本職じゃないか」

九条は噴き出した。

けれど、さすが本職だ。今まで頑《かたく》なに閉じていた九条の心の鍵は、鍵師の新によって開けられてしまったのだから。

7

新が出先から車で自宅に帰ったのは、夕方の六時近くだった。駐車場で後部座席から仕事道具を取り出していると、

「新、今日はおでんだけどどうする?」

斜め向かいに住む主婦の青野《あおの》が声をかけてきた。

「もちろん食べる」

新は即答した。

新の夕食はこうやってまかなわれることが多い。青野だけに限らず、両親不在で育った新には何かと近所中が面倒を見てくれ、それはとっくに成人した今でも続いていた。

「今日はあの兄ちゃんは?」

「二人分くれるんなら呼ぶよ」

「じゃあ、呼びなさい」

青野は新に命令すると、二人分のおでんを用意するためにさっさと家の中に戻っていった。

新は思わず口元を緩める。すっかり九条もこの町に馴染まされた。たびたび新の家に顔を出せば、自然と近所の目にも触れる。下町特有の遠慮のなさが九条の仮面を無理やり剝ぎ取った。

最初こそ戸惑っていたものの、今では自ら挨拶を交わしながらこの通りを歩いている。

新は早速、九条宛に今日の夕食に誘うメールを送った。

新と九条が十年ぶりの再会を果たすきっかけとなった事件が解決して、既に一ヶ月が過ぎている。その間、こんなふうにメールを送るのもすっかり慣れてしまった。

荷物を持って店に戻った新を、今度は右隣で生花店を営む高田《たかだ》が追いかけてくる。

「今日、あの子が来るんだって？」

高田はいきなりそう言った。さっきメールを送ったばかりで返事もまだだというのに、既にこの周辺では九条が来ることは決定事項になっている。しかも「あの子」呼ばわりだ。六十歳をとっくに超えた高田からすれば、二十八の新も九条も完全に子供扱いだった。

「これも食べさせてあげなさいよ」

突き出されたのは鉢に入った豚の角煮だった。

「あんなに細くちゃ、いつ倒れるか心配だからね」

高田は言いたいことだけ言って立ち去っていく。新は慌ててその背中に礼を言った。

これまでにも食事の世話をしてもらうことは多々あったが、今ほど頻繁《ひんぱん》ではなかった。これも九条が来るようになってのことだ。

近所の人たちが九条のことを気にかけているのはもちろんなのだが、それ以上に新に親しくしている友人がいることを喜んでいるのだと新はつい最近ようやく気づいた。

新には昔から友人は多かったが親友はいなかった。誰とでも気さくに接するが、それ以上には踏み込ませないようにしていた。一度や二度くらいなら、セックスの相手が訪ねてくることはあったが、何度も訪ねてくるような友人はいない。それは近所中が知っていることだ。だからこそ、みんな心配していた。

この商店街の誰もが新の親か親戚のつもりでいる。新がことさら希薄にしてきた人間関係のなかで、ここだけが濃かった。もしこの場所がなければ、他に密接な人間関係を求めたのかもしれないが、ここがあるから他はいらない。新にそんなふうに思わせてしまったのではないかと、誰もが口にはせずに気にしていたようだった。九条の登場で新はそんなみんなの思いに気づくことができた。

だからこそ、九条はようやくできた新の友達だとみんなは大切にしてくれる。もしかしたら九条のことも子供が一人増えたくらいに思っているのかもしれない。

九条も新に馴染む前に近所の人々に馴染み始めた。新と二人きりのときはまだ落ち着かないように見える。

そもそも新は肝心な台詞を口にしていない。好きだとも愛してるとも言わなかった。それでも九条は表面上は仕方なくといったふうを装いながらも、新の呼び出しを仕事の都合以外で断ったことがない。

新がたった一言を口にするだけで、きっと九条は笑顔で応えるようになるに違いないのに、その一言が言えなかった。

今までは簡単に言えた言葉だ。ベッドを共にし、耳元で何度も好きだと囁いたこともある。それなのに今言えないのは、言葉の重みを知ったからだ。本気だからこそ軽々しく口にできない。けれどいつかは言ってやりたい。自分自身の言葉に責任を持てると思えるようになるまで、九条をそばにいさせなければならない。

九条に思いを馳せていた新の耳に、また引き戸の開く音が聞こえてきた。今度は八百屋の岸谷が食後にとみかんを持ってやってくる。

新には強力な味方がいる。九条の鎧《よろい》を無理やり剝ぎ取ったこの商店街住民の力があれば、九条を引き留めておくことができる。多少卑怯《ひきょう》でかなり情けない手段だけれど、新は九条を手放すつもりはなかった。

九条の携帯がメールの着信を知らせる。まだ仕事中だが、警察官という職業柄、どんな緊急の呼び出しがあるかしれないと、マナーモードにすることはあっても電源を切ることはない。

九条はデスクの下でこっそりとメールをチェックした。

プライベートで九条にメールを送ってくるような相手はほとんどいない。家族とごく数人の友人と、それから……。

『今日はおでん』

件名はなし、本文にたった六文字、それだけ書かれたメールに九条は苦笑した。

新からの夕食の誘いだ。こんなふうに誘われるのも、もう一度や二度のことではなくなった。もっとも料理はすべて新の近所の人が差し入れてくれたもので、新が手料理を作って九条を待っているというわけではない。

どういうわけだか、新の住む商店街の人々は九条に対して世話を焼きたがる。今まであまり人にかまわれることがなかったから、当初はかなり戸惑ったが、今ではそれが心地よかった。人に受け入れてもらえることの温かさを教えてもらった。

一ヶ月前に解決した事件は、犯人を自首に導いたのが九条ということになっている。実際、警察署まで隆史を連れていったのは九条だから、それを疑う者はいないのだが、一目置かれるようになったかといえば、ますます胡散《うさん》くさく思われるようになっただけだった。部下の誰にも相談せず、勝手なことをしたと言葉にはせずに責めるような視線を向けてくる。

けれどどんな態度を取られようと、以前のように卑屈な思いをすることはなくなった。今の九条には精神的な支えがあるからだ。

事件が解決した後も新はたびたび九条を誘う。今のようなメールであったり、電話で直接言われたりすることもある。

そして会えば必ず求められる。求められれば応えてしまう。体を重ねた回数は軽く片手の指の数を超えてしまった。けれど、新と付き合っているのかと聞かれても、そうだと答えられる自信が九条にはなかった。

お互いに好きだとは口にしなかった。九条の想いなどとっくに気づかれていそうだが、新の気持ちはわからない。物珍しさなのか、同情なのか、それとも他に何か理由があるのか。聞けば答えてくれるのかもしれないが、真実を知るのが怖かった。

他の男を探しに行くなという新の言葉だけが支えになっている。自分がいるから必要ないだろうと新は言った。言葉どおりに受け取るなら、新がずっとそばにいてくれるということになる。

九条は急いで帰り支度をした。もともとほとんどない仕事はとっくに終わっている。相変わらず邪魔者扱いはされているし、九条一人が早い時間に帰ろうが誰も気にしないどころか、むしろ喜ばれるくらいだ。

署から新の自宅まで最短時間で行けるルートも見つけ出した。この時間なら電車のほうが早い。まっすぐ向かえば二十分とかからないだろう。メールを受け取ってからそんな時間で訪ねれば、どれだけ誘いを待っていたか簡単にばれてしまう。それでもよかった。新は気づいてもきっと何も言わず、笑顔で迎え入れてくれるはずだ。

早く会いたい。新の笑顔が見たい。駆けだしそうなほど急ぐ九条の顔には、九条自身が知らない幸せな笑顔が浮かんでいた。

スープが冷めても

「適当に座っててくれ」

新《あらた》にそう言われ、九条《くじょう》はまた前回と同じようにスーツ姿のまま、コタツの中に足を入れる。

二人が再会するきっかけとなった事件が解決して四日が過ぎた。最後に会ったとき、これからは自分がいるから他の男を探すなというようなことを新に言われはしたが、はっきりとその言葉の意味を確かめることはできなかった。ただの同情だと言われるのが怖かったからだ。

新の真意がわからない状態では九条から連絡を取ることができず、だから勤務中に新からメールが入ったときは嬉しかった。電話もメールもできないでいる九条の気持ちに気づいてくれているような気がしたからだ。

用があるから仕事が終わったら訪ねてこいという問答無用な誘われ方に、九条は早々に仕事を切り上げ、事件後初めて新の家の引き戸を開けた。

新は笑顔で九条を迎え入れ、そして、適当に座れという台詞を残し、台所に立った。

新の家を訪ねるのは二度目だ。他人のテリトリーの中に入るのは、どうにも気持ちを落ち着かなくさせる。話でもしていればそんなふうに感じることもないのだろうが、呼び出したくせに新は無言のまま台所で何か作業をしている。

「日向《ひむかい》、用っていうのは？」

沈黙に耐えきれず九条は新の背中に問いかけた。とにかく気持ちを落ち着かせたかった。

慣れないのはこの部屋にだけではない。九条はまだ新と一緒にいることにも慣れることができないでいた。何を話せばいいのか、どんな話をすれば新が楽しいのか、そんなことすら九条にはわからない。一緒にいる時間が長くなれば、つまらない人間だと見抜かれてしまいそうで、そんなネガティブな思考が、九条から連絡を取らせることを妨げていた理由の一つでもあった。

「お前、ボルシチって食ったことある？」

台所から動かずに新が九条の問いかけに対して質問で答える。

「あ、ああ、何度かあるが、それが？」

「なんだ、あんのかよ」

新は残念そうに呟き振り返る。その手には、左右それぞれにシチュー皿が摑まれていた。

「隣の高田《たかだ》のおばちゃんがさ、初めてボルシチ作ったから食えって持ってきてくれたんだよ。お前にも食わせてやろうかと思って」

新がそんなに親しく近所付き合いしていることにも驚いたが、それ以上に呼び出した理由にはもっと驚かされた。

「まさか用って、それだけなのか？」

「それで充分じゃねえ？」

他にどんな用が必要なのだと新が不思議そうに問い返す。

「いや、あの、もっと何か別の……」

別の期待をしていたのかと言われているようで、九条はしどろもどろになって言い訳する。

「なんてな。ホントは用でもあるって言わねえとお前が来なさそうだから、こいつはダシ」

新がニッと笑った。

「ただ遊びに来いって言っても、お前、理由つけて断るだろ?」

「そんなことは……」

九条は言い淀んだ。実際にそんな誘いを受けたらどうしただろう。喜んで応じれば浅ましいと思われやしないかと、新の言うとおり、仕事があるとでも言葉を濁したかもしれない。

「お前には少々強引にしたほうがいいってのは、既に学習ずみだから」

九条の表情から気持ちを見抜いたかのように、新は得意げに言った。

それからコタツの上に二人分の皿を並べて、新が九条の斜め横に座る。向かい側に座ったほうが広いとわかっていても、九条はそれを指摘することができなかった。少し動けば手が触れそうな距離に新がいることに、こうやって少しでも慣れていきたかった。

ボルシチからは温かさを伝える湯気が上がっている。寒いこの季節には食欲をそそられる光景だ。二人そろってスプーンを手にしたときだった。新の携帯が着信音を室内に響かせた。

「悪い。先に食ってて」

新が九条に断り、その場で電話に応じ始める。

「おう、久しぶり」

隠す相手でもないのか、新は九条の見ている前で電話の相手と会話を続ける。先にと言われたが手をつけづらく、九条はスプーンを戻した。微かに漏れ聞こえる電話の声が女性のもので、それが気になったのも大きな理由だ。

「ああ、それな」

新がチラリと九条に視線を向ける。気にせず食べろとでも言うのかと、九条は視線の意味を確かめようとするが、新の思わせぶりな笑みにかわされる。

「そういうのやめたんだわ。せっかく声をかけてくれたのに悪いな」

新はさらに一言二言、言葉を続けて通話を切った。

「よかったのか？　俺のことは気にしなくても……」

自分がここにいることで電話を切りあげさせてしまったのではないかと、九条は気にした。さっきの視線の意味も、九条がいるから話ができないということだったのかもしれない。

「お前はそれでいいのか？」

逆に新が問い返してくる。

「いいのかって……」

「今の、セフレの女子大生からお誘いの電話だったんだけど」

「セフレ？」

およそ自分では口にするとは思わなかった言葉だ。それを平然と当たり前のように口にする新に、九条は驚きを隠せなかった。それと同時に今更ながら、新に女性との付き合いがあったことを思い知らされ、ショックを受ける。

「何考えてんだよ」

新が手を伸ばしてきて、九条の前髪をかき乱す。そうすると仕事中は上げている前髪が額に被さり、いつもより九条を幼く見せてしまう。

「俺が断ったの、ちゃんと聞いてたろ?」

「俺は別にそんなこと気にしてない」

「行ってよかった?」

意地の悪い新の言い方に、九条は言葉に詰まる。

「冗談だっての。お前と再会してからは、セフレの誰とも会ってねえよ」

「誰ともって、何人いるんだ?」

からかわれたとわかり、九条はムッとして唇を尖らせ、新の言葉を追及した。

「えっと」

新は宙を見つめ、指を折り始める。

「たぶん、四人だったかな」

「たぶん?」

九条は啞然としてそれ以上何も言えなくなる。九条にとっては、まずそれだけが目的の付き合いがあることすら信じられないし、しかもその相手が複数となると異次元の話だ。

「だって溜まるだろ?」

男の生理だ仕方がないとばかりの新の言い方には呆れるしかない。

九条は新と関係を持つまで、自分が不感症なうえに淡泊だと思っていた。新に引き出されるまで、自分にあんなに性感帯があることも知らなかった。だから溜まるという実感がなかったが、今はわかる気がする。

新の器用な手が俯いた九条の視線の先にある。この手が肌に触れる感触を、会わないでいたこの四日間、何度も思い出した。

「九条、どうした?」

黙ってしまった九条に、新が不思議そうに顔を覗き込んでくる。

「さっき……」

手を見ただけで浅ましい思いを抱いてしまったことを隠すように、九条は話を変えた。

「そういうのはやめたって言ってなかったか?」

「そりゃ、お前がいるし」

新は当然だろうと答える。

「お前、セフレとか嫌いそうだし」

「それは俺の問題じゃなくて、お前の問題だ」

「違うだろ」

新が真剣な表情でじっと九条を見つめる。

「じゃあ聞くけど、さっきの誘いに乗ってよかったのか？　女子大生んとこに行ってもいいって？」

言葉が胸に突き刺さる。九条は傷ついた顔を見せたくなくて瞳を伏せた。新が慣れた仕草で女性を抱く姿が容易に想像できる。新はもともとストレートで、いつまた女性に戻ってもおかしくないのだ。九条には引き留めておけるほどの自信もなかった。

「だから、そんな顔すんなっての」

笑い声が九条に顔を上げさせる。

「お前が行くなって言うなら、これから先も行かないし、セフレも作らない」

顔は笑っているのに、言葉には真剣な響きがあると思うのは九条の考えすぎだろうか。真意を知りたくてじっと新を見つめると、新も笑顔を引っ込め、真剣な瞳で見つめ返してくる。

「行くなって言えよ」

新の要求は九条にとっては酷だ。はっきりとした言葉をもらえないのに自分ばかりが気持ちを露わにすることを求められる。無表情の仮面を剝ぎ取られたうえに、感情までも剝き出しにさせられる。今もきっと泣きそうな顔で情けない気持ちを見せつけているはずだ。

「九条」

口を開きかけては閉じる九条を、優しく名を呼び新が後押しする。

「行くな。行かないでくれ」

九条は決死の思いで願いを口にした。

新が満足げにニッと笑う。

「行かねえよ」

望んでもいいのだと、九条には望む権利があるのだと新が言ってくれている。本気でなくてもかまわない。今はこの言葉が嬉しかった。思わず涙が零れそうになり、九条は唇を噛み締め堪えた。

「でもお前、大変だな」

新がしみじみとした口調で呟く。

「何がだ?」

「これからは四人分をお前一人でしなきゃなんねえんだから」

すぐには意味が理解できず、徐々に言葉が脳に達してくる。九条は顔だけでなく、耳から首筋まで真っ赤にした。

新がどれくらいの頻度でセフレの彼女たちと会っていたのかは知らないが、その分をすべて九条が受け持つことになるのだと新は言っている。

「十代のセックス覚えたての頃に比べりゃ、最近はすっかり落ち着いたと思ってたんだけどな」

新がスッと右手を伸ばし、九条の首筋を撫でた。

「あ……」

甘えたような声が漏れ、九条が慌てて口を手で押さえると、新は右手をそのままに今度は左手を伸ばし、押さえた手を引き離しにかかる。

「や……日向っ……」

抑えきれなくなった声が溢れた。

新の手は悪戯に九条の指をなぞる。指の付け根の間を軽いタッチで擦られると、知らなかった性感帯に震えさせられる。

「たった四日しかもたなかった」

新はそう言って苦笑いを浮かべる。たった四日、それは二人が会わずにいた時間だ。

「あんだけやれば、もう少しもつかと思ったのにな」

新はさっきからずっと九条の体温を上げるようなことばかり口にする。

最後に新に抱かれたのは四日前のことだ。意識を飛ばしてしまうほどに激しく抱かれ、途中からは記憶までなくしていた。気づいたときには朝で、体中が軋み、起き上がることすらできなかった。忘れられるはずもない。

「というわけで、とりあえず今からさっきの女子大生の分、相手をしてもらおうか」

新がいやらしい笑みを浮かべて顔を近づけてくる。

「ちょっと待て」

九条は焦って新を押し返す。

抱かれるのが嫌なのではなく、まだ宵の口で耳を澄ませば外からは近所の人たちの話し声も聞こえてくるのだ。さすがに理性が流されることを押しとどめた。

「これから食事をするんじゃなかったのか」

テーブルの上ではボルシチがすっかり冷めてしまっている。九条はそれを指さした。

「どうせ冷めちまったんだから、後で温め直しゃいいだろ」

それよりも大事なことがあると、新は九条の手を払いのけ再び顔を近づけてくる。

「冷めててもいいから、先に食べないか？」

九条は耳元まで赤くして提案した。

「その……、終わった後だと、何か食べようという気になれるかどうか……」

正直な気持ちだった。新に抱かれると何も考えられなくなる。求められるままに応じてしまうことも目に見えていて、そうなると終わった後にはぐったりとして、とても食欲など湧くはずもなかった。

「了解。先に食おう」

新は拍子抜けするほどすんなりと九条の意見を聞き入れ、体を遠ざけた。

「食欲がなくなるくらい激しくしていいなんて言われたら、そりゃ、とりあえずはおとなしく食っとくしかねえだろ」

「そんなことは言ってない」

「言ってねえけど、そういう意味だろ？」

新が思わせぶりに笑い、図星を指された九条は言葉を失う。いつの間にこんなにわかりやすい人間になってしまったのか、自分でも戸惑うばかりだ。

新は九条の返事を待たず、もう食べ始めていた。とっととすませてしまおうというのが見え見えのがっつき方だ。せっかく作ってくれた隣家の主婦には申し訳ないと思うが、そこまで求められて嫌な気持ちになるはずがない。

九条も改めてスプーンを持ち直した。そしていつもよりも数倍速いスピードで皿の中身を減らしていった。

君だけが知っている

携帯電話がメールの受信をメロディーを響かせて知らせる。日向《ひむかい》 新《あらた》はそばに置いていた電話を手に取り、メールの内容を確認する。

『これから行っていいか？』

短い文章は付き合って間もない恋人、九条《くじょう》 義臣《よしおみ》からのものだ。いきなり訪ねてこられても九条なら大歓迎なのだが、いつも電話なりメールなりで確認を取るのが九条らしい。

新はすぐさま大丈夫だと返信する。早く会いたいからこそ、余計な文章を打っている時間が惜しくて、九条と同じように素っ気ないほど短い文面になる。

メールを送信し終えた瞬間、新の口元が緩む。結局は九条も同じ気持ちだから、いつも短いメールになってしまうのだろう。

元同級生から十年の月日を経て再会し、容疑者と刑事という立場から恋人同士になって一ヶ月が過ぎた。外でのデート回数がほぼゼロなのは、男同士を気にする九条を気遣ってのことだが、まだまだ蜜月を満喫したい新にも、それは好都合だった。他人の目を気にせず、思う存分、九条に触れることができるからだ。

そんなふうにこの一ヶ月を思い返すだけで、九条の感触まで蘇ってくる。新は合鍵を作っている最中だったが、急ぎの仕事ではないと手を止めた。

もう何度もこの手に九条をかき抱いた。こんなに一人の人間に執着するのは初めてで、どれだけ抱いても飽きないのも初めてだ。今日もきっと、九条を求めてしまうだろう。九条にどんな用があろうと、そんなつもりでなかろうと、経験の差で最後には新の思うとおりになってしまう。九条は時折、そのことに不満を漏らすこともあるが、本気で嫌がっているわけではないと、新は確信していた。まだ新と体を繋げることに恥ずかしさが拭えないだけなのだ。

新は立ち上がり、完全に店じまいをすることに決めた。『日向鍵店』の店主は新で、一人で切り盛りしている店だ。何時に店を閉めようが、誰に咎められることもない。もっとも店じまいといっても、新が作業を中断するくらいのもので、自宅玄関を兼ねているから戸締まりもしないし、看板を片づけることもないのだが……。

作業台から離れ、新は自宅スペースに戻り、まず手を洗った。それから、気持ちだけでも掃除をしようかと考えていたとき、店の引き戸が音を立てた。

「日向、いるのか？」

九条の声が店から呼びかけてくる。

「ああ、奥だ」

新が答えると、すぐに九条が姿を見せる。スーツ姿なのはいつものことだが、それにしてもまだ夕方の五時にもなっていない時刻で、仕事終わりとも思えない。

九条は店舗部分に立ったままで、一段高くなっている居間にいる新を見上げている。

「早かったな」

「急にすまない」

かった。

その言葉だけではなく、問わずにはいられないくらい、九条の様子は疲れていて、表情も暗かった。

「何かあったのか？」

「なんでもない。実家に戻っていただけだ」

「ああ、お前んち、ここから近いんだったな」

いつだったか、九条がここからなら徒歩で十五分の距離だと言っていたのを新はすぐに思い出す。ということは、歩いている途中でメールを送ってきたのだろうか。時間を逆算するとちょうどそれくらいになる。

新は九条の顔をじっと見つめる。色白の頬に赤みが差しているのは、きっとここまで歩いてきたからなのだろう。それを確かめようと新は手を伸ばす。

何をされるのかわからない九条は、ただ黙って手の行方を見守っていた。それが自身の赤くなった頬に触れると、驚いたように体を竦ませた。

どれだけ体を重ねても、どんなに濃密な時間を過ごしても、未だに触れるだけでも初心《うぶ》な反応を返す九条に、新はつい頬を緩める。

「すっかり冷えてんじゃねえか。上がれよ」

新はすぐに手を引いて、居間へと九条を導いた。

「コタツだけは温めておいたから、とりあえず、そこに入ってろ」

そう命令して、次は内側から体を温めるものをとコーヒーを淹《い》れ始める。居間の隣に台所はあるが、コーヒーだけはここで淹れられるように必要なものはそろえてあった。

手早く二人分のコーヒーを淹れて振り返ると、九条は既にコートを脱いでコタツに足を入れている。何も言わなくても、やはり九条も体が冷えていることには気づいていたようだ。

コーヒーカップをコタツの上に置き、向かいに座った新に、九条が紙袋を突きつけてくる。

「これ、お前にやる」

「なんだ？」

新はまずは受け取ってから、中を覗きながら尋ねた。見えたのは白い化粧箱で、その中味まではわからなかった。

「キャビアらしい。いただきものだが、持って帰れと言われたんだ」

「高いんじゃねえの？　いいのか？」

くれるというのなら断る理由はない。だが、親が持って帰れと渡すくらいなのだから、九条の好物ではないのか。新がそんな疑問をもって問いかけた。

「正直に言うと、苦手なんだ」

九条の顰めた顔が、嘘でないことを新に伝える。

「子供の苦手なものを、わざわざ親が持たせたってのか？」

「知らないからな、両親は」

「なんで言わねえの？」

当たり前の疑問を口にした新に、九条は困惑した笑みを浮かべる。

「だって、今更だろう？」

確かに今更と言えば、そうなのだが、どうしてこれまで言わなかったのか。その理由は九条が疲れた顔でここにやってきたことに関係している気がする。

「親と仲が悪いとか？」

「そんなことはない」

それなら会っただけで疲れる理由になる。そう思ったのだが、九条は首を横に振った。

「でも、警察まで実家からのほうが近いくらいなのに、一人暮らししてんじゃねえか」

「それは……」

九条が口ごもり瞳を伏せた。

高校時代はろくに言葉を交わしたこともなかった。再会してからも家族のことを九条の口から聞いたことはない。新が訊かなかったのもあるが、この様子では訊いたところで答えなかったのではないだろうか。

九条は自分がゲイであることを極端に気にしている。新からすれば神経質で大げさだと思うほどに、周囲に知られないよう警戒していることも、親との仲に関係しているのかもしれない。九条はきっと家族には話していないだろう。事実を隠したままでいるのは辛い。特に九条のような真面目な性格ならなおさらだ。親に対する後ろめたさが、人並み以上にいい子になろうとして、嫌いな食べ物を嫌いだと言えないくらいにまで従順になってしまったに違いない。

「いい年して親と同居ってのは、肩身が狭いか？」

けれど、新は笑顔で別の理由だろうと問いかける。九条が明らかにほっとした顔で、

「まあ、そんなところだ」

「それに、実家にいると、悪いこともできないしな」

「悪いことなんて、俺は別に……」

不服そうに唇を尖らせた九条を、新は言葉と行動で黙らせる。

「こういうことは、親に言えないだろ？」

新はコタツの中で足を伸ばし、九条の足の間に差し込んだ。九条が目に見えて狼狽え、息を呑んでいる。まったく予想していなかったのだろう。抵抗どころか動くこともできない九条に、さらに刺激を与える。

「日向っ……」

九条が焦った声で名を呼び、腰を退《ひ》こうとするが、新の足はそれより速く動いた。九条の中心を捕らえただけでなく、指を動かすことで柔らかく揉み始める。

「俺も一人暮らしでよかったよ。思う存分、悪いことができる」

新はにやついた笑みを浮かべて、足先を動かし続ける。鍵師として自慢の手先だけでなく、

足先も人より器用なほうだ。力の入れ方を変えたり、上下に擦りつけるように撫でてみたりと、動きを変える。九条はもう抵抗の言葉もなく、顔を伏せ、唇を噛み締めている。

新の足先が九条の変化を感じ取る。慣れないからこそ、九条は快感に弱い。夕食もまだだが、新はもう完全にやる気になっていて、この場ですぐにでも押し倒すつもりでいた。

だが、その計画は呆気なく崩れ去る。

「いるんでしょ？」

勝手口のドアが開くのと同時に聞こえてきた声に、九条は一瞬で後ろに飛び退き、新の足から逃れた。

台所の脇に付けられた勝手口からは、居間が見渡せるようになっている。九条が赤くなった顔を隠す間もなく、隣に住む高田《たかだ》の顔が見えた。

「やっぱり来てたんだね」

高田は九条の姿を認めると、満足げに言った。九条が戸惑いを押し隠して挨拶すると、高田も同じように返す。九条が商店街の人々に受け入れられたのは、この礼儀正しさも理由の一つになっている気がした。

「おばちゃん、やっぱりって何？」

「その先の通りを義ちゃんが歩いてたっていうから、ここに来てるんだと思ってね」

新の質問に、高田が得意げに答える。義ちゃんと呼ばれているのが九条であることは、新も九条本人も知っているが、その呼び方を拒否できるだけの力はなかった。

「確かめに来たってことは、夕メシ、期待してていいってこと？」

「おい、日向」

新にとっては日常でも、九条には信じられない事実。それは、ほとんどの食事を近所の住民に作ってもらっていることだ。ずっとそうなのだと言っても、遠慮がなくならないらしく、今もまた、食事をねだった新を窘めようとしている。

「当然だよ。そのために私は確認しにきたんだからね」

高田の視線は申し訳なさそうにしている九条に注がれる。九条はかなりの細身だ。スーツ姿しか見たことのない高田でも、はっきりとわかるくらいで、高田はそれが気になって仕方ないのだ。料理好きの血が騒ぐのか、九条にしっかりと食べさせて、もっと太らせようとしているらしい。

「じゃあさ、これ、何かに使えない？」

新はふと思いついて、さっきもらったばかりの紙袋から箱を取りだし、立ち上がって高田に手渡した。

「あらまあ、ずいぶんと豪勢なものを持ってるじゃないの」

「九条が自分ちでもらってきたんだけど、そのくせ、苦手だって言うんだよ。なんとか、こいつでも食えるようにできねえかな」

「それは腕が鳴るねえ。任せなさい。美味しいのを作ってきてあげるから」

高田はキャビアの缶詰入りの箱を小脇に抱え、勢い込んで帰っていった。

「これで、美味かったって親に言えるんじゃねえの？」

新は再びコタツに足を突っ込みながら言った。

「別によかったのに……」

「俺がそうはいかない」

九条がどういう意味だと視線で問いかけてくる。

「少しくらいはお前の親に点数を稼ぐことをしとかねえとさ。大事な息子に、いろいろといけないことをしているわけだし？」

思わせぶりにそう言ってから、新は止めていた足の動きを再開する。

「だから、それは……やめろって……」

九条はすぐに狼狽え、誰もいないのがわかっているのに、人の目を気にしているかのように周囲に目をやる。

「何が気になる？　高田のおばちゃんなら、これから料理をするんだから、まだ一時間くらいは戻ってこねえよ」

だからいいだろうと、新は足にグッと力を込めた。

「あっ……」

か細い声が九条の口から漏れ、慌てて唇を噛み締める。

「一時間あれば、結構、いろんなことができると思うぜ」

「日向、頼むから……」

頼りなげな視線を向けられ、ますます雄の征服欲を刺激される。

「早くしてほしい？」

「違っ……」

抗議しかけた九条は、まともに新と目が合ったことで、新が九条の真意をわかっていながらはぐらかしていることに気づいたようだ。

「後でなら、いくらでもしていいから、今はやめてくれ」

はっきり言わないと伝わらないと思ったのだろう。九条は早口でまくしたてた。

「わかった。今はおとなしくしてる」

新はすんなりと足を引っ込めた。明らかにほっとしている九条の顔に笑いが込み上げる。まだ気づいていないのだ。気づけばどんな顔をするのか、それが楽しみでわざとゆっくりとネタばらしをする。

「たった一時間を待つくらい、なんでもねえよな。なんたって、いくらでもしていいって言われてるんだ」

九条があっと息を呑んでいる。自分が勢い余って何を口走ったのか、やっと理解したようだ。

何を想像しているのか、顔を真っ赤にしながらも、自分の言葉を取り消す方法が見つからないで焦っているのが手に取るようにわかる。

こんな息子の姿を九条の両親はきっと知らない。焦ったり羞恥で顔を赤らめたりすることすら、親の前ではなかっただろう。当然、一時間後に見せる乱れた姿もだ。

親以上にいろんな顔、姿を見ていることが、新に後ろめたさを感じさせていた。だから、せめて好き嫌いを一つなくすくらいのことはしようと思ったのだ。それが新にできる精一杯の詫びだった。

あとがき

こんにちは、そして、はじめまして。いおかいつきと申します。

ダリア文庫様では最初の一冊となる、『運命《うんめい》の鍵開《かぎあ》けます』をこうして新しい形でお届けすることができ、ひしひしと幸せを噛み締めております。

というのも、本作は二〇〇六年に一度、出版されたものでした。けれど、その出版社が非常に残念なことになり、個人的に続編を出したいと思っていたことを担当様に打ち明けると、それならうちでと仰っていただき、なんと本作から発行していただけることになりました。その懐の広さには、ただひたすら感謝しております。

さて、さりげなく続編と書きましたが、そちらも出していただくことが決まっております。今作と続けて二カ月連続発行となっていますので、もし、今作がお気に召していただけたのなら、もし、二人のその後がどうなったのか興味を持っていただけるのなら、是非とも、続編もよろしくお願いします。もちろん、今作だけでもきちんと完結しておりますので、続編を読まずともお楽しみいただけますが……。

内容はと言いますと、大好物の再会ものと、定番となりつつある事件もののミックスとなっております。その事件を解決していくのは、眼鏡のエリートとスカジャンの遊び人。事件の進展とともに、対照的な二人が、どうやって距離を縮めていくのか、その辺りを是非、お楽しみください。

そう言えば、再会ものなのに、攻が当時の受のことをほとんど覚えていないというパターンは初めてでした。それはそれで新鮮で楽しかったのですが、おかげで過去の話はほとんど盛り込めず、高校時代の二人のイラストを見たいという野望は果たされそうにありません。それが唯一の心残りです。

あじみね朔生《さくふ》様、イメージどおりの二人を本当にありがとうございました。受の仕事モードのきりりとした顔と、プライベートでのかわいらしさのギャップがたまりませんでした。攻は自分の好きなタイプの男にしようと書きだしたのですが、イラストを得て最強になりました。まさにど真ん中のストライクです。

新担当様、デビューしたばかりの頃からのお付き合いですが、一緒にお仕事をするのは久しぶりということで、成長した姿をお見せするつもりでした。結果、前以上にご迷惑をおかけすることになり、本当に申し訳ありませんでした。これからもまだまだお手を煩わせることがあるかと思いますが、何卒よろしくお願いいたします。

そして、最後にこの本を手にしてくださった方へ、最大の感謝を込めて、ありがとうございました。

HPアドレス　http://www8.plala.or.jp/ko-ex/

二〇〇八年九月

いおかいつき

『運命の鍵開けます』

こんにちは
イラストを描かせて頂きました
あじみねと申します。
新装版の発行 おめでとう
ございます！
以前のノベルズで あとがきを
読ませて頂いた時に、
九条のビジュアルを 私なんぞの絵で
イメージして頂いてたとの事だったので
とってもビックリ嬉しかったです♥
ありがとうございました～♥

今となっては手遅れですが、
当初のイメージを壊してない
事を祈るばかりです
続編のイラストも描か
せて頂けるそうですので、
どうぞビシバシ
アドバイスを お願い
いたします？
…って、丸っきり お手紙
になっちゃいましたね
スミマセン

あじみね朔生
'08/09

シリーズ１冊目！
熱さと、本気と、戸惑いと——
愛しかいらねえよ。
高校３年の澤 純耶のクラスに暴力団の跡取り息子、小早川卯月が転校してきた。クラスメイトが遠巻きにする中、純耶は卯月と親しくなる。しだいに二人は惹かれ合うが、卯月の教育係、岩槻から住む世界が違うと諭され、純耶の方から離れてしまう。８年後、消えない傷を抱えながら、社会人になった純耶は卯月と再会するが……。大人気シリーズが書き下ろし短編付きで登場!!

ダリア文庫をお買い上げいただきましてありがとうございます。
この本を読んでのご意見・ご感想・ファンレターをお待ちしております。

〈あて先〉
〒173-0021　東京都板橋区弥生町78-3
(株)フロンティアワークス　ダリア編集部
感想係、または「いおかいつき先生」「あじみね朔生先生」係

❋初出一覧❋

運命の鍵開けます・・・・・・・・2006年アイノベルズのものを加筆修正
スープが冷めても・・・・・・・・2006年アイノベルズのものを加筆修正
君だけが知っている・・・・・・書き下ろし

運命の鍵開けます

2008年10月20日　第一刷発行

著者　いおかいつき

発行者　藤井春彦

発行所　株式会社フロンティアワークス
〒173-0021　東京都板橋区弥生町78-3
営業　TEL 03-3972-0346　FAX 03-3972-0344
編集　TEL 03-3972-1445

印刷所　図書印刷株式会社